遥かなる呼び声

ビバリー・バートン

田中淑子 訳

BLACKWOOD'S WOMAN
by Beverly Barton
Translation by Yoshiko Tanaka

mira

BLACKWOOD'S WOMAN

by Beverly Barton

Published by K.K. HarperCollins Japan, 2022

遥かなる呼び声

おもな登場人物

ジョアンナ（ジョー）・ボーモント――画家
ヘレン――ジョアンナの母親。上院議員
エレナ・グレゴリー――ジョアンナの親友
アレックス――エレナの夫
J・T・ブラックウッド――エレナの異父兄。警備会社ダンディー・エージェンシー共同経営者
ケイト・ホワイトホーン――エレナのいとこ
ジョセフ・オーネラルズ――ケイトの兄
エディ――ケイトの長男
クリフ・ランスデル――牧場作業員
ディン・カーマイケル――FBI捜査官
レニー・プロット――脱獄囚

プロローグ

ニューメキシコ州トリニダッド
一九二五年九月

わたしたちは今日、ふたりの特別な場所で会って、最後の愛を交わした。明日、アーネストや息子たちといっしょにバージニアに戻ったら、二度とベンジャミン・グレイマウンテンに会うことはないだろう。いいえ、そうではない。わたしは命の絶える日まで、大切な思い出の中にいるベンジャミンに会うのだから。この世で結ばれることはなくても、わたしたちは決して離れはしない。

情熱や真実の愛がどんなものかを、ベンジャミンに会うまでわたしは知らなかった。彼のためなら死もいとわないけれど、ここにとどまることはできない。心は永遠に彼のものだが、ともに人生を歩むことはできない。

ベンジャミンは指輪をふたつ持ってきた。複雑な彫刻をほどこした美しい銀の指輪で、

それぞれに小さなトルコ石が三つ埋めこんである。その石は、彼とわたし、それに授かることのないわたしたちの子どもを象徴している。指輪をはめてもらったとき、わたしは泣いた。彼はわたしの涙をぬぐって、愛していると言った。それからわたしも彼に指輪をはめて、ふたりで永遠の愛を誓った。

わたしたちの幸福の前にこれほど多くの障害が立ちはだかっていなければどんなによかっただろう。いいえ、ふたりを取りまく世界がこんなふうでなかったらなどと、ぐずぐずと考えていてはいけない。このような愛を知り、このような喜びを経験できたことに感謝しなければ。

生きているかぎり――いいえ、魂が存在するかぎり、わたしはベンジャミン・グレイマウンテンを愛する。彼も同じぐらい愛してくれるにちがいない。

ジョアンナはそれ以上読めなかった。すり切れた革表紙の曾祖母《そうそぼ》の日記を閉じると、黄ばんだリボンで結んでスーツケースに入れた。

六カ月前に両親の家に戻ってきて、屋根裏部屋にあったアナベル・ボーモントの古いトランクの中に日記帳を見つけて以来、そこに書かれていた悲恋物語に心をなぐさめられてきた。

ひどい体験をしたせいで、ジョアンナは愛が信じられなくなっていた。セックスに喜びや情熱を見いだすことなど想像もできなかった。

何カ月にもわたるセラピーが役に立ったことは認めるが、あの悪魔のような顔や乱暴な手の感触を脳裏から消すことはどうしてもできない。彼女のほかにも三人の女性が勇気をもって証言したことで、レイプ犯は終身刑を言い渡され、刑務所に送られたが、それがわかったところで過去は消えないし、苦痛もなくならない。事件のせいで彼女たちの人生は取り返しのつかないほど変わってしまった。ジョアンナの人生も……。

婚約者は去っていき、過保護な母親はまるで死にかけた人間を扱うように娘を扱った。ジョアンナは毎日多くの人と顔を合わせることに耐えきれず、美術館の仕事を辞めた。みんなが陰で噂《うわさ》していた。

しかし、この状態でじっと回復を待つわけにはいかないのはわかっていた。彼女は若く健康で、人生はまだまだ長い。そこでリッチモンドを離れようと決意した。この町では事件のことをみんなが知っている。母の愛情には息が詰まりそうだ。ここにいたら、新しいガールフレンドを連れた元婚約者とばったり会うかもしれない。決意したのは数週間前だが、母に告げたのは今日になってからだ。

彼女、ジョアンナ・ボーモントは新しい人生を見つけるためにニューメキシコ州トリニダッドに行こうとしている。曾祖母が魅せられた土地や人々を絵に描《か》くために。ベンジャミン・グレイマウンテンがアナベルを愛したように自分を愛してくれる男性が見つかることを夢に見て。優しく、繊細で、紳士的な男性を探しに。

ジョアンナは日記に結びつけてあった小さな革の袋をスーツケースから取り出した。口を縛っているひもを緩め、袋を逆さにして、中身をてのひらにのせる。トルコ石と銀でできたこのうえなく美しい指輪を見つめてから、右手の中指にはめた。それはぴったり指に合っていた。

1

だめ。絶対に、だめ。やめてよ、こんな人けのない道で。日陰でも三十度を超す暑さなのに。

ジョアンナ・ボーモントは赤い警告灯を見ながらうめいた。どこが故障なの？　このジープ・レンジャーは乗ってまだ四年にもならないし、点検も定期的にしている。こんなに大事にされて、なんでわたしを困らせたりするの！

この状態でどれぐらい走れるかしら？　牧場まで何キロもあるし、トリニダッドはさらに遠い。それに、居留地を出てから二時間近くたっていた。

ボンネットの下から白い蒸気が上がっている。まずい！　ラジエータの過熱か、どこかホースでも破れたにちがいない。

ジョアンナはしかたなくジープを路肩に寄せてエンジンを切り、しばらく座ったまま腹をたてていた。だが、座っていてもどうにもならない。ボンネットを開け、ジープを降りて、正面にまわった。水だ。水がしたたる音がする。いや、流れる音だ。

すごい勢いでエンジンから湯気が出ている。ジョアンナはフロントバンパーを蹴《け》り、足の痛みに叫び声をあげた。タイヤのパンクなら自分で交換できるが、これはお手上げだ。

真昼の太陽を見上げると、強烈な光に目がくらんだ。エレナとアレックスはサンタフェに行ったので、帰りは遅くなるだろう。だから、牧場に電話すれば、主任のクリフ・ランスデルに助けを求めることになる。クリフのことはきらいではないが、彼とつき合う気がこちらにはないことをなかなか理解してくれない。

蒸気の勢いが弱まってきたので、ジョアンナはおそるおそるボンネットを上げて中をのぞいた。最初はどこが故障しているのかわからなかったが、やがてラジエータのホースに小さな裂け目を見つけた。やれやれ！　やはり選択の余地はない。クリフに電話して、ぴかぴかの鎧《よろい》をまとった騎士役を彼に与えるしかない。

額に玉のような汗が噴き出した。ニューメキシコ州北部の晩春は南部に比べたら涼しいかもしれないが、五月の日中はかなりの高温になる。もしアナベルの日記で山や木や澄みきった川のことを読んでいなかったら、四年ほど前、はじめてトリニダッドに来たときに、ここには不毛の砂漠地帯しかないと思っていただろう。

ジョアンナはジープに戻り、携帯電話でブラックウッド牧場にかけた。呼び出し音が鳴らない。どうしたのかしら？　画面を見て、電池切れに気づいた。うかつだった。昨夜充電するのを忘れたのだ。どうしてこんなにまぬけなの？

さて、どうしよう？　できることはただひとつ――歩くしかない。牧場まで十五キロはあるが、運がよければ、知り合いに出会って車に乗せてもらえるかもしれない。トリニダッドは小さな町で、彼女は町じゅうの人と顔見知りだ。

ジープに鍵《かぎ》をかけて、二十五ミリ口径のセミオートマチックの入った大きな革のバッグを肩にかけ、道路をまっすぐ歩きだした。まもなく、太鼓の音が聞こえたような気がした――どこか遠くから。たぶん雷鳴だろう。そう、ニューメキシコでも雨は降るのだ。雷雨の前触れかもしれない。見上げると、空はまだ晴れている。目の覚めるような青空だ。純白の綿毛のような雲がちらほらと浮かんでいる。

強い日差しから目を守るために視線を下げると、頂上が平らな丘の上に馬に乗った人影が見えた。ジョアンナは一回、二回まばたきをした。蜃気楼《しんきろう》だろうと思った。だが、違った。馬も人も消えない。白地に黒の斑点《はんてん》のある見事なアパルーサ種の馬に大きな男性がまたがっている。

空を背にして黄金色に輝く午後の太陽の光を浴びている姿は、まるでブロンズ像だ。ジョアンナは胸がどきどきした。てのひらが汗ばんでいる。恐れることはない。ここトリニダッドでは、みんな知り合いで、尊敬できる人ばかりなのだから。彼も牧場の人間だろう。近づけば、だれなのかすぐにわかるわ。

しかし彼は動かなかった。じっとジョアンナを見下ろしている。彼女は手を振った。反応はない。

「ねえ、ブラックウッド牧場から来たの?」声を張り上げながら丘を登り始めた。「わたしの車、ラジエータホースから水が漏れているの」

男性は返事をせずに馬を前進させた。ジョアンナは登り続けた。彼はゆっくりとこちらに向かってくる。ジョアンナはバッグを抱きかかえ、ファスナーを開けて銃を手探りした。冷たい金属に触れた瞬間、ため息をついた。知らない男だったら危険かもしれない。安全を脅かす事態を招くわけにはいかない。五年ほど前に悲惨なレイプ事件にあってから、小型の銃を購入し、護身術の講座も受けていた。

馬は数メートル手前で止まった。男性は知り合いではなかった。会ったことはないのに、なぜかジョアンナは懐かしいような奇妙な感覚に襲われた。全身が震えたが、必死で動揺を押し隠した。胸騒ぎを感じながらも、目がそらせなかった。

男性はがっしりして肩幅が広く、脚は長く、腰は引きしまっている。身長は百八十センチ以上あるだろう。だが、ジョアンナが魅せられたのは見事な体ではなく、いかつくて雄々しい顔だ。真っ黒な髪は直毛で、淡褐色のカウボーイハットからも前髪がのぞいていた。左目に黒い眼帯をしている。もう一方の目で見つめられて、ジョアンナは落ち着かなくなった。つばをのみ、視線をそらそうとした。だが、できなかった。

長くてまっすぐな鼻や、先の割れたあごや、頑固そうな厚い唇には最初から気づいていた。何者であれ、ネイティブ・アメリカンか、あるいはその血が混じっているにちがいない。ナバホ族なら、部族語で挨拶《あいさつ》すれば反応するだろう。

「こんにちは《ヤアトツエー》」ジョアンナは言った。

彼の目が光った。言葉を理解したのだ。

この四年間、ニューメキシコで暮らしながら、ジョアンナは新しい人生を築き、画家として自立できるようになったが、アナベルの恋人だったベンジャミンのような男性を見つけるというロマンチックな夢はまだかなっていない。今のところは。

何を考えているの、とジョアンナは自分を叱《しか》った。ばかな行動をしちゃだめよ。彼女は視線を馬に向けた。深呼吸し、おずおずと男性のほうに近づく。

「助けてくれませんか？　ジープがオーバーヒートしたの。ブラックウッド牧場まで行きたいんだけど」

男性はおもむろに馬を降りた。ジョアンナははっとした。身長は百九十センチ近くありそうだ。目は、想像していたような茶色ではない。明るい金茶色で、透きとおるように澄んでいる。

彼は険しい表情のまま、腕組みをしてジョアンナを頭から爪先までしげしげと見ている。

彼女はバッグに手を入れ、銃をつかんだ。本能的に危険を感じたが、暴力をふるいそうな人には思えない。

「わたしは牧場に戻らなくてはならないの。まだ十五キロ以上あるんです」彼女は言った。男性が一歩近づいた。ジョアンナは思わず後ずさったが、そんな自分に気づいて足を止め、毅然《きぜん》として彼を見上げた。

「助けてくれるの？　くれないの？」この人はどこか悪いのかしら？　耳が聞こえないの？

「すぐには牧場のほうに戻る気はない」彼は低い声でそっけなく答えた。

「あなたは新しく来た作業員？」

「いいや」

彼女は見つめないでほしかった。顕微鏡でのぞかれる虫にでもなった気分だ。「このすぐ先がブラックウッドの地所なのは知っているでしょう？」

男性は微笑《ほほえ》むようにかすかに口元を緩めたが、すぐに元の険しい顔になった。「急がないなら、いっしょに来るといい。でなければ……」延々と続く寂しい道路をちらっと見た。

「歩くんだな」

この人は頭がおかしいのかしら？　行き先もわからないままわたしが見知らぬ男性の馬に乗ると思っているの？「先に牧場に行ってから、あなたの用事を片づけるわけにはいかないの？」

「なぜぼくが予定を変えなければいけない？」彼は腕組みを解き、大きな雄馬の首をなでた。

「そのほうが紳士的だと言っても、あなたにはなんの意味もないでしょうね？」

「まったくない」彼は言いながら背を向けた。「さあ、どうする？　来るのか？　歩くのか？」

歩きます、とジョアンナは動作で示した。バッグから手を出し、道路に向き直る。肩越しに振り返ると、彼が馬に乗るところだった。太陽の光を浴びて、右手の中指にはめた銀の指輪がきらりと光った。ニューメキシコに来てから銀とトルコ石の指輪を数えきれないほど見てきたが、自分の指輪――アナベルの愛の形見――に似たものはなかった。彼のはまさにそっくりだ。ベンジャミンの指輪だろうか？　でも、どうしてこの男性がはめているのだろう？

彼を乗せた馬が近づき、ゆっくり止まった。

「これが最後のチャンスだ」彼は手を差し出した。

ジョアンナは指輪に目を凝らした。鼓動が速くなり、どきどきいう音が聞こえそうだ。彼女は男性の浅黒い顔を――澄んだ金茶色の目を見上げ、身を乗り出した。まるで吸い寄せられるように。

「あなたはだれ？」ジョアンナはきいた。心臓がハリケーンの風のように激しく鳴っている。

「そういうきみは？」彼は鋭い目で見ている。

「ジョアンナ・ボーモントよ。ブラックウッド牧場に住んでいるの」

男性は手を引っこめ、買おうとしている馬を値踏みするかのように、あらためて彼女を頭から爪先まで眺めた。ジョアンナは背筋を伸ばし、歯を食いしばってにらみつけた。いったい何様のつもり？　タフガイ気取りの横柄な男ね。

「なるほど、きみが古い作業員小屋を改装して住んでいるというバージニア出身の南部美人か」

男性はジョアンナの顔からのど、さらにボタンをはずしているブラウスの胸元に目をやった。のどと胸の谷間を汗が伝い落ちた。露骨な視線に腹をたてながらも、ジョアンナの体は敏感に反応していた。胸の先端が硬くなったのが、汗でぬれたブラウスの上からでもはっきり見えるはずだ。

「どうしてわたしを知っているの？」

「妹のエレナがいつもきみを絶賛しているんでね」

「妹？　エレナが？」

彼はうなずいた。唇の端を上げたが笑ってはいない。射るような目つきにジョアンナは不安になった。

「では、あなたは――」

「J・T・ブラックウッドだ」

ふたりはしばらく見つめ合っていた。日差しが照りつけ、あたりは不気味なほど静かだ。

「急がなくていいなら、送ってやろう」J・Tは沈黙を破った。燃え立つような赤い髪の女性に刺激された自分がいまいましかった。〝高貴な野蛮人〟に惹《ひ》かれる〝貴婦人〟にかかわってはいけないと、ずいぶん前に学んだではないか。「牧場に戻ったら、だれかにジープを取りに来させよう」

ジョアンナは躊躇《ちゅうちょ》した。エレナの異父兄で、牧場の所有者でもある男性についてはいろいろ聞いている。好きなタイプではない。男のいやな面をすべて持っている。横柄で、粗野で、荒っぽい。以前はシークレット・サービスの任務についていたが、現在はジョージア州アトランタにある警備会社の共同経営者をしている。エレナによれば、これまで一度も女性と真剣につき合ったことはないらしい。

「さあ、どうする？　いっしょに来るのか？　歩いて戻るのか？」

J・Tはまた手を差し出した。ジョアンナは彼の指輪を見つめた。ベンジャミンの指輪を。

馬に乗れるのに延々歩くなんて、ばかげている。それにJ・Tとは初対面のような気がしない。彼といっしょなら安全だろう。万一妙なまねをしたら、J・Tこそ無事ではいられない。

ジョアンナは手を伸ばした。その手をJ・Tがつかんで引き上げ、自分の前に座らせて腰に腕をまわした。彼女は目をつぶり、鼓動を静めようとした。自分の正気を疑った。今まで話を聞いて好感を持てなかった人なのに、なぜそばにいると胸がときめくの？

J・Tは馬を操ってゆっくり丘を下り、駆け足で道路を横切ると、ブラックウッドの地所のはずれにある森林地帯に入っていった。ジョアンナは背中に彼の胸のたくましさや体温を感じていた。ヒップを高まりが圧迫していることに気づいた。

突然、恐怖に襲われた。わたしは何をしているの？　過去の教訓を忘れたの？

「ど……どこへ行くの？」彼女はきいた。

「この山を少し登ったところにある小川だ。ずっと行きたいと思っていたんだ。久しぶりだが、記憶にある川と同じかどうか見たくてね」

ジョアンナは寄りかかるまいとしたが、上り坂のせいでまっすぐ座っていられなかった。J・Tの腕に力がこもった。ジョアンナはびくっとした。「牧場にはあまり来ないのね？ ここに住んで四年以上になるけれど、会うのははじめてだもの」

「戻ってくるのは年に一度ぐらいだ」

「じゃあ、わたしがバージニアにいる母に会いに行く時期とたまたま重なっていたのね」

「ああ、それがいちばんだと思った」

「どういう意味？　わざとわたしの留守に合わせたっていうこと？」

「そうだ」

「でも、なぜ？　理解できないわ」

「妹がきみとの仲を取りもとうとしたからだ。知らないとは言わせないよ」

「いいえ、知らなかったわ」Ｊ・Ｔの手にさらに力がこもった。ジョアンナは緊張した。離れたくても離れようがない。

「エレナはきみが気に入っている。なぜかあいつはぼくをだれかとくっつけようと決めていて、きみと親しくなったときから候補に考えていたようだ」

「ミスター・ブラックウッド、わたしは本当に何も……。ああ、その気はないとエレナに話しておけばよかったわ。あなたのことはいろいろ聞いたけど、わたしの好みではないわ」

「本当に？」Ｊ・Ｔが耳元で言うと、温かい息がかかってポニーテールのほつれ髪が揺れた。

　ジョアンナは身震いした。思いがけないことだった。長い間忘れていた甘美な感覚がよみがえり、体がうずいた。この五年、どんな男性とデートしても――実際、何度もデートはしたが――欲望は感じなかった。今までは。彼女は、理由はわからないが、もし男性と愛を交わすことがあるとしたら自分がリードしたかった。でも、Ｊ・Ｔのような男性はだれにも主導権を渡さないだろう。特に女性には。

J・Tは大きな手を広げてジョアンナの腰を抱いていた。指は腹部に触れている。彼女がもぞもぞ体を動かした。なぜおとなしく座っていないんだ？　もうかなり刺激されて、爆発してしまいそうだ。この女はぼくをからかっているのか？

いまいましい。J・Tはこれほど急激に惹かれることに慣れていなかった。女性の香りをかぐだけで興奮した十代のころ以来だ。

それに、ジョアンナにだけは夢中になったり心を奪われたりしたくなかった。彼女は祖父のジョン・トーマスが数年前にJ・Tの結婚相手に選んだ女に似ている。その女はJ・Tを面と向かってあざけり、あなたみたいな人と寝るのはわくわくするけれど結婚なんて考えられないわ、と言った。そうだ、お高くとまった金持ち連中の集まる世界を長年見てきたJ・Tにはわかっていた――ベッドの中で彼を堪能《たんのう》する女たちが、友人に紹介するのは恥ずかしがることを。

ジョアンナはJ・Tの手が腰やおなかをなでるのを感じながら、怖がってはいけないと自分に言い聞かせた。もし襲われそうになったら、銃で撃てばいい。彼女は自分の手を重ねて彼の手の動きを止めた。

「牧場の暮らしはどうだい？」彼は言った。

「とても気に入っているわ」ジョアンナは彼の手がこわばり、熱気をおびているのを感じた。

「ぼくは小屋を改装することに賛成じゃなかったが、エレナに押し切られてね」J・Tはジョアンナの手を握りしめた。

「エレナとは、トリニダッドに来て二、三カ月過ぎたころに知り合って、一年もしないうちに親友になったのよ。聞いているでしょう?」J・Tは答えないし、手を放そうともしない。「空き家を貸してほしいとわたしが頼みこんだの。彼女は、結果を見ればあなたも納得するだろうと言ったわ」

「もう見てきた。いかにも……南西部風だな。かなり金をかけたんだろう」

ジョアンナは髪にかかる息を温かく感じた。そう感じさせる彼が憎らしかった。長い間セクシーな気持ちとは無縁でいたので、この浅黒い男性に反応している自分自身がよくわからない。でも、レニー・プロットに襲われた夜になくしたと思っていた欲望に体がうずき、震えているのは確かだ。

「わたしは絵を描《か》いて結構いい暮らしをしているの。油絵と水彩画。それに木炭画とペン画の注文も多いわ」ジョアンナはJ・Tから逃れようと手を引いた。

彼は手を放したが、腰は抱いたままだ。「ああ、そうらしいな。きみには才能がある。それは認めるよ。絵を二枚見せてもらった。きみがエレナに贈った絵だ。あれはナバホ居留地で描いたのかい?」

ジョアンナはかなり山を登ってきたことに気づいた。尾根近くで道が平坦《へいたん》になり、ポプラの林が鬱蒼《うつそう》としてきた。太陽はすでに西の空に傾いている。どこか遠くで川の流れる音がする。

「あなたは居留地で育ったわけじゃないのね？」ジョアンナはきいた。とたんにJ・Tの体がこわばるのがわかった。何か悪いことを言ったかしら？

「ぼくを見た瞬間にわかったんだろう？」彼はのどからしぼり出すように言った。

「わかったって、何が？」ジョアンナはきいた。

「エレナの異父兄だと聞かなくても、ひと目で〝ビラガアナ〟――白人じゃないことに気がついた。それでナバホ語で挨拶しかけてきた」

「ええ、そうよ。ここはニューメキシコだから、たぶんナバホ族か、少なくともその血が混じっているだろうと思ったの」やはりそうなのか？　エレナが話していたように、彼は自分に流れている血を恨んでいるのだろうか？　祖先を知られたくないのかしら？　もしそうなら、間違いなく例外だわ。ニューメキシコで出会ったナバホの人々はみんな、自分たちを〝ディネー〟とナバホ語で呼んで、先住民であることを誇りにしている。「あなたはネイティブ・アメリカンの血を誇りに思うべきよ」

「礼儀正しいな。実に正しい表現をする。インディアンでもレッドスキンでも野蛮人でもなく、ネイティブ・アメリカンとはね」彼は舌打ちした。「まさしく南部の貴婦人だ」

「あら、わかってしまった？」緊張を和らげようと、ジョアンナは冗談っぽく言った。

「訛《なまり》はないつもりだけど」

「きみのようなお嬢さんがニューメキシコでわざわざ不便な生活をしている本当の理由はなんだ?」

「エレナから聞いたと思うけど、絵を描くためよ。この土地やここの人々に惹かれているの」

「つまり〝高貴な野蛮人〟に魅了されているのか? 特に半分ナバホの血を引く男たちに?」

「それは侮辱だわ」ジョアンナは彼のいやらしい考えに憤った。曾祖母《そうそぼ》と同じように真実の愛を見つけたいという夢を汚されたのだ。

「念のために言うが、ぼくは半分ナバホで、半分はスコットランド系アイルランド人だ」彼はジョアンナを引き寄せ、下腹部を彼女の腰に押しつけた。

「やめて!」ジョアンナは思わずもがいてバッグを抱えた。手を入れられるように。「放してちょうだい。女性にもてると聞いたけど、力ずくで迫るとは思わなかったわ」

「冗談だろう?」J・Tは冷ややかに笑った。「力ずくで迫ったことは一度もない。いつも向こうから身を投げ出してくるんだ」

ジョアンナはすばやく銃を取り出した。もし脅しているつもりなら、J・Tは過ちに気づくだろう。ジョアンナ・ボーモントを支配できるのはジョアンナ・ボーモントしかいない！

J・Tは銃を見た。まさか！　撃つつもりか？　いったいどうしたんだ？　彼女ははっきりとぼくのことが好きではないと言った。エレナに話を聞いて、先入観を持っている。しかし、ぼくが熱い気持ちを抑えられないように、彼女も欲望を隠しきれないように見える。なのに無理強いされたと思うとは、どうかしている。

立ち往生したジープのそばにいる赤毛の女性を見た瞬間、J・Tはエレナの親友のジョアンナ・ボーモントだとわかった。エレナはこの三年間、ふたりを結びつけようとしている。だが、彼にはわがままな南部美人の冒険につき合う気は毛頭なかった。先住民の血を引く男との火遊びに興味を示した女は彼女がはじめてというわけではない。

今回、J・Tは休暇で戻ってきた。六年前にシークレット・サービスを辞めて、アトランタにあるダンディー・エージェンシーに入ってからはじめての本格的な休暇だった。

「銃をしまってくれ、お嬢さん。脅すつもりはない。ぼくは女性からその気になってもらうのが好きなんだ。信じてくれ」

「わたしにその気はないわ。今も、この先も」ジョアンナは銃を握りしめた。「すぐに牧場に送って！」

「すぐには戻れないとはじめに言ったはずだ」J・Tは愛馬ワシントンを川のほうへ向けた。

「わたしは今すぐ送ってと言ったのよ。賢明なら、言うとおりにしたほうがいいわ。こっちには銃があって、あなたは持っていないんだから」

「それが頼み事をする態度か？」

「頼み事を聞くために近づいてきたわけではないでしょう。確かにわたしは助けを求めたけれど……その……」ジョアンナは適切な言葉を探した。「誘惑してとは言ってないわ」

J・Tはふんと鼻で笑った。「誘惑などしていない。ぼくに惹かれたのかときいただけだ」

「でも……あなたは……」ジョアンナはまた引き寄せられ、彼の高まりをはっきり感じた。男性を意識してどぎまぎした――レイプされて以来はじめてだ。そんな気持ちになったことが怖かった。ジョアンナの心は、自分のとそっくりな指輪をはめている彼に抱き上げられたときから乱されていた。

J・Tはワシントンを止まらせ、手綱を放して背後から彼女の手をつかんだ。銃を持って怒っている女性は危険だ。ジョアンナは抵抗したが、結局ふたりはもみ合いながら馬から落ちた。その際に銃が手を離れ、石にぶつかって金属音をたてた。

暴発しなくてよかった、とJ・Tは思った。どちらかが流れ弾に当たっていたかもしれない。ジョアンナは小さなこぶしで彼の胸を叩《たた》いていた。まるで山猫のように攻撃している。理由もなく。いや、そうとも言えない。J・Tは彼女にとっては未知の男だ。たとえエレナの兄でも、どんな人間か正確には知らない。この女性は何かわけがあって、襲われると思いこんでいるのだ。

「きみを傷つけるつもりはない」でこぼこの地面の上でもみ合いながら、J・Tはできるだけ穏やかな声で言った。「しかし、ばかなまねをやめないと、自分で自分を傷つけてしまうぞ」

ジョアンナは聞いていなかった。人里離れた山中で大男にのしかかられていることしか頭になかった。

J・Tは片手で彼女の両手首をつかんで組み伏せた。体を押しつけながら、ジーンズの中の高まりをいまいましく思った。ジョアンナは身をよじり、頭を左右に振ってなんとか自由になろうとむなしい努力を続けたあげく、J・Tをにらんで悲鳴をあげた。

J・Tはすばやく立ち上がり、叫び続けているジョアンナを引っぱって立たせた。そしてすぐに手を離した。彼女は息をはずませ、頬を紅潮させている。怒りで黒くなったように見える濃い緑色の目でJ・Tをにらみつけながら、こぶしを握りしめていた。

J・Tは降参だというように両手を上げた。彼女が誤解に気づいて落ち着いてくれるよう願った。

「どうしたんだ？　ぼくの言ったことできみが侮辱や危険を感じたなら謝る」

「言葉じゃない……」ジョアンナはため息をついた。「あんなことをするから」

「いやがっているとは思わなかったんだ。ぼくはてっきり――」

「あなたには触れる権利も、なでる権利も、体を押しつける権利もないわ！」ジョアンナは目を合わすことができなかった。

「しかし、きみはずっと抵抗しなかった。ナバホの血を引く男に惹かれたのかときいたとたんに怒って、銃を向けたんだ」

そのとおりだ。ジョアンナは彼の手の感触を楽しみ、胸を躍らせていた。でも、そんな自分が怖くもあり――怖さのあまり彼を威嚇したのだ。

過剰な反応だっただろうか？　ジョアンナはレイプ事件のあと一年ほどは男性と握手するのも耐えられなかった。しかし、男の人がそばに来ても怯《おび》えてばかなまねをしないようになって三年以上たつ。過去のことは忘れた、自分を抑制できるようになったと思っていたのに。J・T・ブラックウッドのせいで、まだ事件を引きずり、男性を信じられないでいることを思い知らされた。

「意識しすぎたかもしれないわ」ジョアンナは言い、すぐにつけ加えた。「あくまでも、かもしれないということよ。あなたのような男性は好きじゃありません。それはこの先も変わらないわ。あなたは女性を格好の獲物と思っているんでしょう？　ちょっと興味を示せば、すぐに身を任せると」

「きみにその気はなかったと言いきれるのか？」

言えるわ、何度でも言える、とジョアンナは叫びたかった。でも、それが嘘《うそ》なのはわかっている。J・Tにもわかるだろう。何人もの女性とつき合ってきた世慣れた男だから。

「きみを安心させるために言っておくと、ぼくもこの状況にきみ以上に満足していないんだ。ぼくはきみに惑わされたくない。好みのタイプじゃないんでね」

「まあ、よかった」ジョアンナはつい彼のジーンズの前を見た。首がかっと熱くなり、顔をそむけた。

「男は興奮を隠せないものなんだ」J・Tは言った。「だが牧場にいる間は極力きみに会わないと約束するよ。お互い、今日のことは忘れよう。偶然会っても、礼儀はつくすが、距離は保つ。どう?」

「いいわ」ジョアンナは彼が拾って持ってきた銃を息を止めて受け取った。「ありがとう」

「しまっておくんだ。銃を使っていいのは使い方を知っている人間だけだ」

「使い方なら知っているわ」

「なるほど。だが、二度とぼくに銃口を向けるな」

「あなたも誤解されるようなことはしないで」

「約束しよう」

「お願いね。では、すぐに牧場に送ってくださる?」

「そうだな。きみのせいで景色を楽しむどころじゃなくなった。ぼくは帰ってくるといつもこの川に来るんだ。昔から好きな場所でね」

「ごめんなさい、ミスター・ブラックウッド」

「J・Tでいいよ」

「それはやめておくわ。友だちになるつもりはないから」

「恋人にも、だろう」

ジョアンナの心は揺れた。「ええ、恋人にも」彼女はくり返した。

「さあ、牧場に戻ろう」

ジョアンナはJ・Tについて馬のところに戻った。先に乗った彼が手を差し伸べてもためらった。

「後ろに乗るといい」

「そうするわ」ジョアンナは彼の体が押しつけられるのを我慢しなくていいことにほっとした。

数分後には、体のバランスをとるためにJ・Tの腰に腕をまわして山を下っていた。広い背中に寄りかかりたい、たくましい体を抱きしめたいと思った。

だめよ、と自分を叱る。この男性――この未知の男性を求めるのは間違いだ。J・T・ブラックウッドはベンジャミンの指輪をはめているかもしれないけれど、わたしが夢見ている恋人ではない。絶対に！

2

「今夜は無理よ、エレナ。わかって」ジョアンナは携帯電話を握りしめた。「ジープの故障でひどい目にあって疲れたわ。ゆっくりお風呂に入ってから、居留地で描《か》いたスケッチを眺めて早く寝たいの」

「でも、今夜はJ・Tが帰ってきた初日だから、ごちそうを用意したのよ」エレナはすがるように言った。「食べたらすぐに帰っていいから、顔だけ出して。あなたが来てくれるのを楽しみにしていたの」

「お兄さんにはもう会ったわ。ここまで送ってもらったもの」

「ふたりの間に何があったのか知らないけど、いっしょに食事でもすれば、解決できるはずよ」

「あなたの計画を台なしにする気はないけれど……」

「じゃあ、来てね。仲直りしたら帰っていいから」

ジョアンナは大きくため息をつき、以前は裏のポーチだった場所を改装した広いバスルームに入って、ブラウスのボタンをはずし始めた。

「喧嘩《けんか》しているわけじゃないわ。ふたりとも完全に理解し合っているもの」身を乗り出して蛇口をひねり、アルバカーキの骨董《こっとう》屋で見つけた台座つきの大きな鉄製の浴槽に流れ落ちる水を見つめる。「同じ意見だったわ。お互いに好みのタイプじゃないから、あなたに縁結びをしてもらう気はないのよ」

「J・Tはいったい何を言ったの？」

ジョアンナは芳香剤入りのバブルバスを大量に浴槽に振り入れ、容器を板張りの床に置いた。

「あなたがずっとわたしたちを結びつけようとしていたから、彼はわたしが留守のときしかここに帰らないようにしていたと」

「本当に困った兄ね！　そんな話をするなんて――」

「どうしてあなたはわたしたちが惹《ひ》かれ合うなんて思ったの？　恋人にするなら、わたしはあなたのご主人のアレックスのような人を探すわ。優しくて穏やかで、わたしと同じぐらいニューメキシコを愛している男性をね」

「ジョー、あなたには人生の伴侶《はんりょ》が必要なのよ。J・Tも」エレナは大げさにため息をついた。「わかったわ。お似合いだと思ったのが間違いだったようね。もうお節介はしないから、夕食には来て」

「今夜は無理よ」ジョアンナはブラウスを脱いで床に放《ほう》り、ジーンズのファスナーを下げた。

「あなたは親友だわ」エレナは言った。「そしてJ・Tはたったひとりの兄よ。恋人にはなれなくても、せめて友だちになってほしいの。今回はJ・Tもゆっくり休暇を取って、二週間ほど滞在する予定なんだから」

「二週間もいるのなら、急いで会わなくてもいいんじゃない？」

「何を言ってもあなたの気持ちは変わらないの？」

お兄さんは同席しないと言ってみて、とジョアンナは思った。

「ええ、ごめんなさい。でも……ミスター・ブラックウッドが牧場を離れるまでには一度、夕食をごちそうになりに行くわ。それでいいでしょう？」

「ミスター・ブラックウッド？　兄はよほどあなたを怒らせたのね。口ほど悪い人じゃないのよ。ひねくれ者で、ろばのように頑固だけど、根は優しいの。母が亡くなったあと、わたしを居留地からこの牧場に連れてきてくれたのよ。そんなことをする義理はなかったのに」

「エレナ、あなたがお兄さんを愛しているのは知っているわ。でも、だからといって、みんなが同じ気持ちだとはかぎらないのよ」

「まあ！　兄は相当ひどいことを言ったのね？」

「もうやめましょう。ともかく今夜は行かないわ」ジョアンナはサンダルを脱ぎ、ジーンズを足元まで下ろして蹴飛《けと》ばした。

「わかったわ。でも――」

「続きは明日。じゃあね」ジョアンナは電話を切って脱いだ衣類の上に投げ、下着を脱いだ。

　裸になり、漆喰《しっくい》壁で囲ったバスルームの真ん中で思いきり伸びをして、斜めになった板張りの天井を見上げた。J・Tとの不幸な出会いを忘れたかった。彼のにおいを、手からも顔からも洗い流したかった。馬にまたがる彼の面影を消してしまいたかった。何より、寄り添っていたときの感覚を忘れたかった。

　いい香りのするお湯に足を入れ、泡の中に体を沈める。後ろに手を伸ばして黒いスチール棚から黄色のタオルを取り、保湿石鹸《せっけん》をつけてそれで顔を洗った。そのあとタオルを握りしめ、指にはめているトルコ石つきの銀の指輪を見つめた。

　これとそっくりなものをJ・T・ブラックウッドはどこで手に入れたのだろう？　曾祖《そうそ》母《ぼ》はベンジャミンも死ぬまでそれをはめていたと固く信じていた。遺族がいつのころか売ったのだろうか？　だれかに譲ったのかもしれない。それとも……J・Tはベンジャミンの親戚《しんせき》だろうか？

　以前からジョアンナはエレナに、ベンジャミン・グレイマウンテンについて聞いたことがあるか、あるいはその子孫をたどる方法を知っているかきいてみたかった。だが、いかに親しくなったとはいえ、曾祖母が日記に詳細に綴《つづ》っていた秘密の恋のことは話せなかった。ふたりの許されない愛を口外してはいけない気がした。

でも、明日はエレナに指輪についてきこう、とジョアンナは思った。自分のとよく似ているから興味がわいたと説明すればいい。母屋には行かず、エレナにここに来てもらおう。そうすればJ・Tと顔を合わす危険を冒さなくてすむ。

太陽はまだ西の空から光を投げかけている。たそがれ間近の窓の外にはオレンジ色に染まったニューメキシコの光景が広がっていた。

ジョアンナは心ゆくまでお風呂を楽しんだあと、床に届くほど長いピンクがかったラベンダー色の木綿のガウンをはおった。素足のままゆっくりとキッチンまで歩き、冷蔵庫から大きなピッチャーを出して昨日作ったアイスティーを背の高いグラスに注《つ》ぎ、氷を入れて、ダイニングテーブルの前にある肘掛けつきのウィンザーチェアを引いた。腰を下ろしかけたとき、裏口のドアを乱暴に叩《たた》く音がした。だれだろう？　エレナではなさそうだ。流しの上の窓からのぞいたが、姿は見えない。「どなた?」　みんなと顔見知りのこの牧場にいるときでさえ、彼女は不用意にドアを開けることはなかった。旅行から戻ったときなど、今でもベッドの下やクローゼットの中を調べることがある。

「J・T・ブラックウッドだ」低く、そっけない、怒ったような声が返ってきた。

「なんの用？」

「一分だけ時間をくれ」

「帰ってちょうだい」彼には会いたくなかった。今は。いや、永久に。特に、ガウンしかはおっていないし、顔は洗いたてだし、髪を無造作に頭の上にピンで留めた状態では絶対に会いたくない。

「ジョアンナ、開けてくれ。話があるんだ」しばらく待ったが返事がないので、J・Tは陰気な低い声で笑った。「話をしないと、エレナのところに戻れない。あいつはぼくが失礼なことをしてきみを怒らせたと決めつけていてね。謝るように言われて来たんだ」

「失礼なことをしたなんて、わたしは言ってません。謝ってもらう必要はないわ」

「なあ、ドアを開けてくれ。ぼくが謝るから許すことにした、と妹に電話してほしい。でないと、まだ始まらないうちに休暇が台なしになってしまう」

ジョアンナはおそるおそるドアを細めに開けたが、J・Tのわざとらしい笑みを見てすぐに勢いよく開け放った。怯《おび》えているのを悟られて、彼を喜ばせたくなかった。

「お入りください」彼女は手ぶりでさあどうぞと招き入れた。

心臓がどきどきし、胃はねじれそうだ。J・Tはたくましく、男性の魅力にあふれていた。彫りの深いくっきりした顔だちをしている。

ておいた。

J・Tは後ずさりしたジョアンナの前を通ってキッチンに向かった。彼女はドアを開けておいた。

J・Tはシャワーを浴びてきたようだ。洗いたての色あせたジーンズをはき、シャツも薄緑と青の格子柄のものに着替えている。高価なアフターシェーブローションの香りがした。

「雰囲気は田舎風のままだが、設備はすっかり現代的になっているな」彼はキッチンを見まわした。「見事だ」

「ありがとう」ガウン一枚のジョアンナは裸でいるようで心細かった。J・T・ブラックウッドの熱いまなざしも気を落ち着ける役には立たない。「さっさと謝って。そうしたらエレナに電話するわ」

「虫が入ってもいいのか?」J・Tは開けっ放しのドアをあごで示した。

ジョアンナは乱暴に閉めたい気持ちを抑えて、ゆっくり閉めた。「謝罪は?」

「するよ」J・Tは近づいて彼女の右手をつかんだ。

ジョアンナは手を引こうとした。「放してちょうだい」視線を落とすと、サイズ以外はそっくりなふたつの指輪が目に入った。

「何を恐れているんだい?」J・Tが力を抜いた。ジョアンナは手を引いた。

「何も恐れていないわ」彼女は一語一語はっきりと言った。「わずらわされたくないだけよ。わたしは孤独を楽しんでいるの。邪魔しないでほしいわ」

「ここに来るように言ったのはエレナだ」

「それはもう聞いたわ」ジョアンナはつばをのみ、彼を見つめた。「その気があるなら、さっさと謝って帰ってちょうだい」

「今日のぼくの言動が気に障ったのなら謝るよ。どうだい？　これできみとは友だちになったとエレナに話してくれるかい？」

「友だちですって？」

「エレナのやつ、ぼくたちにロマンチックな関係を望むのはあきらめたが友人にはなってほしいそうだ。そこで相談だが、ふたりで口裏を合わせて厄介事から解放してもらおうじゃないか」

　驚きあきれたようなジョアンナの表情が動揺に、そしておもしろがるような表情に変わった。彼女はにっこり笑った。Ｊ・Ｔは胃がしめつけられるようだった。体が緊張した。なんということだ！　女の笑顔を見てこんな気分になったことなど、今まで一度もなかったのに！

「謝罪はお受けしたわ。エレナに電話して、友だちになったと言いましょう」

「ありがとう。これでひと安心だ」Ｊ・Ｔは彼女の体に目をやった。窓から差しこむ夕日が薄い木綿の下のゆるやかな曲線を浮かび上がらせている。きれいだ。見ているだけでぞくぞくしてくる。

J・Tは心の中で舌打ちした。もしこの欲望に気づかれたら、エレナに電話してもらえなくなるだろう。そのときは牧場を去るしかない。十二年前に居留地から連れてきて以来、J・Tは自分でも驚くほど異父妹をかわいがってきた。妹がジョアンナと恋人にさせたがっているのは知っている。結婚や家族を望まない人間もいることが理解できないらしい。

「エレナはいつごろからあなたのガールフレンド探しを始めたの？」

「ガールフレンドじゃない。妻だ」

「妻？　じゃあ、わたしが……あなたと？」

「エレナは二十七歳だが、まだ純真そのものだ。ぼくのような出自の男との結婚をきらう女が多いことに気づいていないのさ」

「わたしはそんなつもりじゃ……」ジョアンナは彼の健全なほうの目を見つめた。金茶色の瞳に激しい怒り――と情熱が満ちている。「あなたを好きじゃないことと、ナバホの血とは無関係よ」実のところ、ナバホの血統だからこそ惹きつけられている。指輪だけでなく、それもまた彼とベンジャミンを結びつけているのだから。

「きみがどういうつもりだろうと、好きじゃない理由がなんだろうとかまわない」彼は数歩近づいた。ジョアンナは息をつめてじっとしていた。彼は手を伸ばして頬をなでた。

「きらいだが、ほしいんだろう。以前にもそんな女はいたよ」

ジョアンナは無意識に彼の手に触れた。「いいえ、わたしみたいな女はいないはずよ」

J・Tは一瞬、どう受け止めていいのかわからず、彼女を見た。かまうものか。ジョアンナ・ボーモントの気を引くつもりはない。ここにいる間、彼女を避ける方法を探そう。休暇を早く切り上げてもいい。

彼はジョアンナのあごをつかんだ。「エレナに電話して、ぼくを解放してくれ。そうしたら、もうきみには近寄らない」

彼女はうなずいた。「わたしも近寄らないわ」

J・Tは返事もせず、ドアを開け放したまま出ていった。ジョアンナはそのドアをしばらく見つめていたが、やがてキッチンを駆け抜けて乱暴に閉めた。どうしてあんな男がベンジャミンの指輪をはめているのだろう？　ベンジャミンはいちずに人を愛した。J・Tは愛について何も知らないのだ――ベンジャミンとアナベルが交わしたような本物の愛を。

J・Tは何時間も寝返りを打ったあげく、眠るのをあきらめてベッドを出た。ベッドは祖父が使っていたものだ。J・Tがその名をもらった故ジョン・トーマスはあきれるほど利己的で強情だった。ひとり息子と先住民の結婚を許さず、息子に先立たれるまで孫の存在を知らなかった男。J・Tが五歳のときに居留地に現れて、彼を母親から引き離した男。

J・Tは裸のままパティオに通じる両開きのドアを開けた。ひんやりした夜風が黄褐色の肌をなでた。彼は髪をかき上げた――五歳のときにはじめて切られて以来、長く伸ばしたことがない髪を。

〝あんなな野蛮人のようななりはさせられん〟とジョン・トーマスは言った。〝あの女と同じ肌の色なのは残念だが、今日からおまえはブラックウッド家の一員だ。先住民ではなく、カウボーイだぞ〟

そのとおりにJ・Tはカウボーイになった。投げ縄や乗馬や牛追いの技術を習得した。祖父のことは好きではなかったが、牧場は大好きだった。

だから、いつも牧場に帰ってくるのだろう。祖父やブラックウッド家の祖先たちが愛したように、彼もこの荒涼たる土地を愛している。何エーカーかの土地を得るために闘い死んでいった祖先のおかげで、今やここはニューメキシコ北部で最大の牧場になっている。

J・Tがこの土地を愛する気持ちは、母たちナバホの人々の気持ちとも同じだった。ナバホ族のことは異父妹を通してしか知らない。かかわってはいけないと祖父に教えこまれてきたからだ。

パティオの端から古い作業員小屋の裏が見える。今ではジョアンナの家だ。上流階級の娘が西部に飽き、自然を描くのに飽きてバージニアに戻るまでにどれくらいかかるのだろう？

彼女の母親はバージニアの上院議員で、亡き父親は高名な弁護士だった。そんな女性が、なぜあえてニューメキシコに来たのだろう？　不幸な恋から逃げ出したのか？　裕福な家庭への反発か？　エレナによれば、トリニダッドを選んだのは、かつて曾祖父母が遺跡発掘のためにひと夏を過ごしたかららしい。

　静まり返った夜の闇《やみ》を眺めていたJ・Tは、目の端に一点の光をとらえた。彼は小屋の細長い窓からもれているその明かりに目を凝らした。ジョアンナが窓辺に立って母屋を見ている。こんな時間に何をしているのだろう？　彼女も眠れないのか？　ぼくのことを思い、ぼくを欲している自分を憎みながらも感情を抑えられないのかもしれない。

　今訪れたら、家に入れてくれるだろうか？　ベッドには？　欲望がこみ上げ、J・Tは身震いした。目を閉じて深々と新鮮な夜の空気を吸いこむ。目を開け、窓に映る彼女のシルエットをもう一度眺めてからドアを閉め、部屋の奥に引き返した。

　彼はベッドにごろりと横になり、暗い天井を見つめた。淡い月明かりだけが部屋を照らしている。

　ジョアンナのことは考えるな。欲望を断ち切れ。久しぶりの長い休暇だ。振りまわされてたまるか。

　ジョアンナとエレナは小屋のポーチの籐《とう》の椅子に座っていた。板張りのポーチの端にはゼラニウムの鉢植えがずらりと並び、テーブルの上にはアイビーが飾ってある。エレナはアイスティーを飲み干し、背の高いクリスタルのグラスをテーブルに置いた。

「さあ、ゆうべJ・Tと何があったのか、聞かせてくれるわね？」

ジョアンナは微笑《ほほえ》んだ。エレナとアレックスに出会ったのはアルバカーキの展覧会場だった。アレックスは彫刻家で、一番の傑作は若く美しいナバホの妻をモデルにした作品だった。三人はすぐに友だちになった。夫妻はジョアンナがトリニダッドに来て間もないことを知って興奮していた。

「お願い、ジョー。J・Tは話してくれないのよ」エレナは不満そうに腕組みをした。

「ときどき、兄には腹がたつわ」

「お兄さんは大勢の人を怒らせているようね」

「ふたりは友だちになったんでしょう？　ゆうべの電話でそう言ったじゃないの」

「ええ。出会いがよくなかったんだと思うわ。お互いに気を悪くさせたの」

「どんなふうに？」エレナは茶色の目を見開いた。

「それは……わたしが彼の態度を誤解したのよ。てっきり……。でも、違ったわ」

「あなたに言い寄ったのね？」エレナはふっくらした唇のまわりにしわを寄せて笑った。

「J・Tは女の人が好きだから。それで、どうしたの？　彼の顔をひっぱたいた？」

「いいえ、銃を向けたの」

エレナは大笑いした。「すごいわ。傑作よ。元軍人でシークレット・サービスの経験もある現役のボディガードに銃を向けるなんて。ああ、そのときの兄の顔が見たかったわ」

「びっくりしていたわよ」ジョアンナの口元がわずかにほころんだ。

「つまり、身のほどを思い知らせたのね。これであなたが腹をたてた理由はわかったわ。兄はなぜ怒ったのかしら？　あなたは、彼にはなんの興味もない、男としての魅力は感じないと言ってやったの？」

「いいえ」ジョアンナはアイスティーを飲み、グラスについた水滴を指でなぞった。「ミスター・ブラックウッドのことは好きではないし興味もないけど、魅力を感じなかったとは言えないわね」

「やっぱりね！」エレナは嬉《うれ》しそうに手を叩いた。「兄に惹かれたんでしょう？」

「早合点しないで。とても……男らしいと認めているだけよ。でも、好みのタイプじゃないわ。彼にもそう言ったの」

「J・Tは自信家だから、拒絶されたぐらいでは落ちこまないはずよ。もっと何かあったでしょう」

「あなたが花嫁を探していると聞いて、わたしに結婚の意思はないと言ったの。それを誤解したのよ。自分にナバホの血が混じっているせいだと」ジョアンナはエレナの顔を見られず、うつむいた。「説明しようにも、彼は聞こうともしなかったの」

「わたしは兄を心から愛しているけど、ときどき……」エレナはジョアンナの肩に手を置いた。「兄は自分の生まれについてとても悩んでいるの。白人でもナバホでもない。十八歳のときにここを出て海兵隊に入ったのも、ひとつにはそれが原因じゃないかしら。おじいさんがどんなに消そうとしても、J・Tにはナバホの生活や記憶が残っているのよ」

「ほかにもあると思うわ」ジョアンナはエレナの手を握った。「出自のために愛していた女性に結婚を断られて、傷ついたことがあるんじゃないかしら」

「傷つくはずがないわ。人を愛したことがないんだもの」エレナはため息をついた。「愛し方を知らないのかもしれない。おじいさんはお金で買えるものはなんでも与えたけど、愛や思いやりはいっさい注いでくれなかったから」

「寂しい少年時代だったのね」ジョアンナは幼いころのJ・Tのことを考えたくなかった。

「兄とわたしの子ども時代はまるで違うのよ。わたしは居留地で育ったでしょう。父は農民で、羊を少し飼っていた。お金はあまりなかったけれど、幸せだったわ。わたしは両親に愛され、ナバホであることに誇りを持つよう教えられたの」

「でも、お兄さんはここで育ったのね。このおじいさんの牧場で、裕福だけど不幸せに」

「わたしの家で不幸なことといったら、息子を失った母の悲しみだけ。父が死ぬまではね」

「エレナ?」

「なあに?」

「お兄さんはトルコ石のついた銀の指輪をはめているけど、どこで手に入れたのか知らない?」

「それをいつきかれるかと思っていたのよ」

「あなたもこれとそっくりなことに気づいていたのね」ジョアンナは右手を上げた。午後の陽光を受けて指輪がきらりと光った。

「はじめて会ったときに気がついたわ。でも黙っていたの。ニューメキシコに来てから買ったのだろうと思って。親しくなったあとは何度か話題にしたかったのよ」エレナは手を伸ばし、三つのトルコ石のまわりをなぞった。「不思議なめぐり合わせを感じたわ。ふたりがはめているのと同じ指輪はほかでは見たことがないから」

「彼はどこで手に入れたの?」

「あなたは?　ニューメキシコで買ったの?」

「いいえ。ずっとわが家にあったものよ」

「ああ、やっぱり。兄のもそうよ」

ジョアンナは心臓がどきどきした。彼はベンジャミンの親戚なのだ。なぜかそんな予感はしていた。

「J・Tの指輪はもともとだれのものなの?」口にしたとたん、取り消したくなった。J・Tという呼び方はなれなれしすぎる。ミスター・ブラックウッドと言うことで距離を保っていられたのに。

「母が危篤状態になったとき、J・Tが居留地に来たの。わたしは十五歳で、初対面だった。でも、会った瞬間に兄だとわかったわ」エレナの目は涙でうるんでいた。「わたしが指輪を見たのはその日がはじめてだったけれど、母はずっと持ち続けていたのね——息子のために、大切に。あれは母の父親のもので、もともとはそのまた父親のものだったのよ。銀細工師だったの」

「お母さんの結婚前の名前は?」

「ビター・ウォーター氏族のマリー・グレイマウンテンよ」

「グレイマウンテン?」

エレナはうなずいた。「聞いたことがあるの?」

「ええ。曾祖父母はナバホの銀細工師と知り合いだったの。ベンジャミン・グレイマウンテンという——」

「わたしの曾《ひい》おじいさんだわ!」

「そう、あなたの——あなたとJ・Tの曾おじいさんがこれを作ったのよ」ジョアンナは右手を上げて指輪を見つめた。「これはわたしの曾祖母の指輪よ」

「だからトリニダッドに来たのね? もうひとつの指輪を捜すために。ベンジャミン・グレイマウンテンが愛する女性と対の指輪を作ったことをあなたは知っていた。そうでしょう？」

「ええ。わたし、曾祖母の日記を持っているの。名前はアナベル・ボーモント。死ぬまでこれをはめていたのよ。わたしは小さな革袋に入ったこの指輪を、日記といっしょに見つけたの」

「あなたはアナベルの、J・Tはベンジャミンの指輪をはめている。暗示的じゃない？その指輪を見たとき、あなたこそ兄の奥さんになる人だって、ぴんときたのよ」

「違うわ、エレナ。あなたのお兄さんは冷たくて頑固でひねくれ者よ。怒りに満ちていて怖いくらい。わたしは優しい男性でないとだめなの。決してわたしを支配したり抑えつけたりしない人でないと」

「J・Tには愛を教えてくれる女性が必要なのよ」エレナはにこっと笑った。「あなたならそれができるわ。勇気さえあれば」

「そんな勇気はないわ」

馬の蹄《ひづめ》の音を聞いてエレナは振り向いた。ジョアンナが顔を上げると、大きなアパルーサ種の馬に乗ったJ・Tが通り過ぎようとしていた。彼はふたりを見て、ちょっと帽子を持ち上げて会釈した。一瞬、金茶色の目とジョアンナの緑色の目が合った。彼女は全身が熱くなり、胃が痛くなった。

彼は振り返りもせずに走り去った。ジョアンナははじかれたように椅子から立って家に

入った。エレナは兄の後ろ姿にちらりと目を向けたあと、ジョアンナが開け放していった
ドアを見つめた。

3

一週間後、ついにエレナは夕食を食べに来るようジョアンナを説き伏せた。ジョアンナは承諾した瞬間に悔やんだが、招待を受けるまでエレナがあきらめないこともわかっていた。J・Tとはお互いにできるだけ会わないようにしていたが、たまに出くわすのは避けられなかった。おまけに、ジョアンナこそ兄の妻になる女性だと確信を深めたエレナが何かにつけてふたりを会わせようとした。

朝、ジョアンナが馬で散歩中にJ・Tが現れたことがある。その道を行くように彼に勧めたのはエレナだった。

町へ食料品を買いに行くついでにエレナが四人でのランチ・デートを企てたこともある。J・Tもいっしょだと知ったジョアンナは、間一髪のところで外出を取りやめた。

J・Tの休暇はあと一週間しかない。一週間なら乗り切れるだろう。今夜の夕食さえすめば、あとは避け続けるだけだ。小旅行をするのもいいかもしれない。ジョアンナは居留地に絵を描《か》きに行くつもりだった。エレナのいとこのジョセフ・オーネラルズが、ジェームズ・ボニトという年老いたシャーマンに紹介してくれることになっている。噂《うわさ》では百十歳になるらしいそのシャーマンの肖像を描くためならどんな犠牲もいとわない。明日出発し、J・Tがアトランタに戻るまでここを離れていようと思った。

ジョアンナは、友人宅での軽いディナーに出かけるのに支度に手間取った自分を叱《しか》った。認めたくはないが、J・Tにどう思われるかが気にかかった。

アナベルはベンジャミンに会いに行くとき、外見を気にしたかしら？　胸が高鳴っていた？　恐れと期待に震えていた？

ベンジャミンという秘密の恋人がいるのはどんな気持ちだったかしら、とジョアンナは思った。

J・Tが恋人だったら、どんな気分だろう？

ジョアンナはフレンチツイストにまとめた髪が乱れるほど激しく首を振った。何を考えているの？　あの人を恋人にする気などない。恋人には、もっと優しくて理解ある男性を選ぶわ。J・Tとは正反対の、わたしの意志を尊重してくれる人を。J・Tは情熱的かもしれないが、心からの愛はない。力ずくで屈服させようとする男は許せなかった。

彼女は急いで髪型を整えた。前髪をカールさせ、堅い印象を和らげる。最後に鏡を見て、そこにいる自分に満足した。裾《すそ》にフリルのついたくるぶしまでの薄いシャンブレーのスカートに、シンプルな白い半袖《はんそで》のブラウスを着て、ナバホの銀細工師から買ったトルコ石つきの銀のベルトをしめた。

勇気を奮い起こしたいときにいつもするように、心の中でハミングしながら、わざとゆっくり歩いて母屋に向かう。ニューメキシコに来たことをはじめて後悔していた。

ジョアンナはもう二度と得られないと思っていた安らぎをこの牧場で見いだした。大好きな絵を描く仕事もうまくいっている。充実した生活を送っていたのだ。なぜJ・Tはアトランタにとどまっていなかったの？　せめてこの数年のように、わたしを避けてくれたらよかったのに。

漆喰《しっくい》の壁に赤い瓦《かわら》屋根という典型的なスペイン風の母屋に近づいていくと、広いポーチにJ・Tが立っているのが見えた。

彼の肌の色は母親譲りだが、体格はブラックウッド家のものだとエレナから聞いていた。長身で、がっしりしていて、筋肉は引きしまっている。今夜はカウボーイハットをかぶっていない。黒いジーンズに白のシャツ姿で、トルコ石と銀の留め金具のついたループタイをつけている。黒い髪はつややかだ。

「元気を出せよ、ジョー。夕食に来たんだろう、絞首刑にされるわけじゃない」J・Tが言った。

エレナのつけた愛称で呼ばれて、ジョアンナは鳥肌がたった。彼女のことをジョーと呼ぶのはエレナしかいない。J・Tが口にすると、ひどくなれなれしく聞こえた。だが、挑発には乗らなかった。反応を見るためにわざとそう呼んだにちがいない。

「まるで死刑囚の最後の晩餐《ばんさん》のような気分だわ」ジョアンナは一瞬ためらってからポーチに上がった。「休暇を一週間、台なしにさせてごめんなさいね。エレナはどうしてもわたしたちを結びつけたいみたい。おかげで居心地が悪かったでしょう」

「えらく礼儀正しいんだな、ミス・ボーモント」彼は片方のブーツの底を壁につけて寄りかかっていた。「レディではなく、女としてふるまえないのかい？」

ジョアンナは反発したい気持ちを抑えた。彼の言うとおりかもしれない。子どものころから教えこまれた礼儀作法を捨てきれないのだろう。でも、彼に屈して一夜の関係を持つことが女らしいと言いたいなら、そんな女にはなりたくない。絶対に。

「はじめて会ったときは、レディのようなふるまいをしなかったはずよ」彼女は努めて平静な声で言った。「あなたに銃を向けたのを忘れたの？」

「忘れはしない。だが、きみは本物のレディだったよ。自分の名誉を守ろうとしたんだろう？　レディとはそうするものらしいからな」

玄関から出てきたエレナが駆け寄ってきた。「今夜はごちそうよ。アレックスはパティオでバーベキューの準備をしているわ。こんなに厚いステーキなんだから」親指と人差し指の間を七センチほど広げた。「さあ、ふたりとも入って」

ジョアンナはエレナといっしょにサラダを作り、J・Tはアレックスを手伝った。一時間後、四人はパティオの右隅で鉄製の黒いテーブルを囲んでいた。夕日が西の地平線の上で輝き、ポーチに置いたCDプレーヤーからブルース調の音楽が流れている。

ジョアンナはステーキをひと切れ口に運びかけた。ふと見ると、向かいの席からJ・Tが唇を凝視している。彼女はつばをのみ、フォークを皿に戻して、アイスティーの入ったマグカップを手に取った。目が合った。彼は唇の端をかすかに上げて微笑《ほほえ》んだ。

彼は冷えたビールの入ったマグを持ち上げ、ジョアンナに乾杯のジェスチャーをしてから豪快に飲んだ。ジョアンナは目をそらし、エレナを見た。エレナはステーキを切ってアレックスに食べさせていた。そのしぐさはとても親密でセクシーに見えた。細身で眼鏡をかけた金髪の彫刻家と、茶色の目をしたエキゾチックな愛らしい妻は、そばにだれもいないかのように微笑み合っている。

これが愛するということなのね、とジョアンナは思った。愛する人に夢中だから、他人の存在は気にならないのだろう。

ジョアンナはまたフォークを手にしたが、そのとたん、J・Tがするりとステーキを彼女の口に入れた。ジョアンナはびくりとした。心臓がどきどきした。肉は大きく熱くて脂っこかった。吐き出したい衝動に駆られたが、彼の目をにらみつけながらゆっくり噛《か》んだ。

「ぼくはレアが好きなんだ」J・Tが言った。「これは少し焼きすぎだと思わないか？」

ジョアンナは無理やり肉をのみこんだ。「ええ、ミディアム・レアね。血の味はしないわ」

「だが、いい肉だ」彼はもうひと切れ食べたあと、立て続けに口に運んだ。

ほかの三人が食事を終えるころには、ジョアンナもなんとかステーキ数切れとサラダを少々食べていた。エレナとアレックスはJ・Tとジョアンナを会話に引きこもうとして、ニューメキシコの歴史を話題にしたが、ふたりは興味を示さなかった。

「ねえ、踊りましょう」エレナが手を差し出すと、アレックスはすぐに立って妻の腰に腕をまわした。

J・Tとジョアンナはぴったり寄り添って踊る夫婦を静かに見ていた。

「あのふたりのそばにいると、いつも余計者になった気がするよ」J・Tが言った。「結婚して五年間、ずっとあれだ。もう飽きてもよさそうなのに」

「愛し合っているのよ」

「発情しているのさ」彼は不機嫌に言い、首を振った。「どういうことかわからないだろう?」

ジョアンナは頬から首まで赤くなった。

「恥ずかしがっているのか?」J・Tの口ぶりは意外そうだった。「十代の小娘じゃあるまいし。もう二十五歳かそこらだろう。普通なら何人か恋人がいるはずだ」

「二十九歳よ」ジョアンナは踊っているふたりにわざと目を向けた。「それに、恋人がいようといまいと、あなたには関係ないわ」

エレナがジョアンナに手を振った。「こんなにいい音楽とすばらしい夕焼けがあるのに……」茜《あかね》色に染まった西の空のほうにちょっと頭を傾けた。「どうして踊らないの？」

J・Tは手を差し出した。「よし、踊ろう、ジョー。エレナが喜ぶぞ。それが今夜の目的だろう？　しばらく干渉しないでもらうために、あいつの機嫌をとることが」

ジョアンナは躊躇《ちゅうちょ》したすえに立ち上がり、J・Tのリードに任せて踊り始めた。彼は軽く手を握り、腰にそっと腕をまわした。意識的に距離をとっているのがわかって、ジョアンナはほっとした。

もう少し背が高ければ、彼の肩越しに向こうが見えただろう。だが、実際に目の前にあるのは筋肉質の広い胸だけだ。J・Tは大きい。大きすぎる。

何をされたわけでもないのに、ジョアンナは罠《わな》にかかったような気がした。この状況ではどうにもならない。ぴったり引き寄せられても、抵抗できない。

違う。放して、と言えばすむことだ。認めなさい、とジョアンナは自分に言った。あなたが恐れているのはJ・Tではなく、自分自身なのよ！

「男の腕に抱かれると、いつもそんなに硬くなるのかい？」J・Tがきいた。

「からかわないで。あなたは楽しんでいるかもしれないけど、わたしは違うわ」

「悪かったよ。だが、きみを見ていると、ついからかいたくなるんだ」

言い返そうとしたとき、音楽が終わった。ジョアンナは離れかけた。J・Tは手首をつかんで引き止めた。彼女はさっと振り向いた。

「疲れたわ。長い一日だったから。もう帰るわ」

「あら、ジョー、まだ帰らないで」エレナがアレックスの腰を抱いたまま近づいてきた。

「まだ宵の口だよ」アレックスが言った。「暗くもなってない。のんびりブリッジでもやろう」

「今夜は遠慮するわ」ジョアンナは友人夫婦に微笑み、まだJ・Tに握られている手をちらりと見た。「別の機会に」

「明日は?」エレナは熱心に誘った。「また夕食を食べに来て。今夜は楽しかったでしょう?」

「明日はだめなの」黙って帰らせてくれればいいのに、とジョアンナは思った。

「じゃあ、あさっての夜だ」アレックスが言った。「評判のチリコンカルネをぼくが作るよ」

「悪いけど、ごちそうもカードゲームも先に延ばしてもらわないといけないわ。明日の午後から一週間ほどナバホの居留地に行くつもりなの」ジョアンナは無理に笑顔を作った。

J・Tの刺すような視線を感じた。彼に向かって叫びたかった。ええ、そのとおりよ、あなたがいるから逃げ出すのよ。

「でも、なぜ明日なの？」エレナが不満そうに言い、子どものように下唇を突き出した。「居留地は一週間たっても消えないわ。もう少し待ってよ」

「放《ほう》っておけよ、エレナ」Ｊ・Ｔはジョアンナの手を放した。「彼女が決めたことだ」

「でも、兄さんはあと一週間しかいないのに――」

「明日の午後、発《た》つ前に挨拶《あいさつ》に来るわ」ジョアンナは顔を曇らせた。ため息をつき、下唇を噛んでエレナを抱きしめた。「お願い、わかって」

そうつぶやくとパティオを横切り、ポーチも家も駆け抜けた。玄関を出たところで突然立ち止まった。涙で前が見えない。ジョアンナは深呼吸して、新鮮な空気を吸いこんだ。

大きな手がそっと肩に触れた。はっとして振り向いたとたん、Ｊ・Ｔの胸にぶつかってよろめいた。彼は両肩をつかんで支えた。

「エレナに約束してきた。きみを送りがてら、ここにとどまるように説得してみるとね」

「そうしてほしいわけでもないのに？」

彼はジョアンナの肩をなでた。「何をぴりぴりしているんだ？　ぼくを恐れているように見えるが」

「前にも言ったけど、何も恐れていないわ。特にあなたのことは」

「それならいい。ぼくは害のない人間だ。決してきみを傷つけたりしない」

ジョアンナはその言葉を信じたかった。でも、Ｊ・Ｔ・ブラックウッドのような男を信じるほど愚かではない。いや、どんな男もだ。この五年間、信じなかった。自分のアパートメントで卑劣な男にレイプされて以来。婚約者に捨てられ、たったひとりで裁判やセラピーに臨むはめになって以来。

「傷つけられる機会なんか与えるものですか、ミスター・ブラックウッド」

「もうファーストネームで呼び合う仲になったと思ったが。ぼくはJ・T、きみはジョー」

「ジョーと呼ばないで」

「エレナはそう呼んでいるじゃないか」

「彼女はわたしの親友で、あなたは――」

「友だちじゃない?」

「ええ」

「じゃあ、どんな関係だ?」彼はジョアンナの腰を抱き寄せた。

ジョアンナは息が止まりそうだった。めまいがして、彼の腕をつかんだ。指先に固い筋肉を感じた。

男の咳払《せきばら》いが聞こえた。牧場作業員主任のクリフ・ランスデルが立っていた。

「どうした、クリフ?」J・Tがきいた。

「お邪魔してすみません。でも、クイーン・ネフェルティティが産気づいたら知らせろと言われていたので。ドクター・グレイにはもう電話しました」

「ありがとう。二、三分で厩《うまや》に行くよ。その前にミス・ボーモントを送ってくる」

「結構よ」ジョアンナと同時にクリフが口を開いた。

「なんならぼくが送りますよ」

「ジョーはぼくが送っていく」J・Tは腰にまわした腕に力をこめながら、親しそうに愛称を口にした。

この女は自分のものだ、ほかの男には触れさせない、と宣言しているようにジョアンナには聞こえた。

「では、厩で待っています」クリフは肩を落とし、ちらっとジョアンナを見た。「おやすみ」帽子を軽く上げて挨拶して、去った。

「わたしはひとりで帰れるわ」ジョアンナは言った。

「厩に来て、いっしょにすばらしい瞬間を待たないか？」J・Tは彼女の脇腹《わきばら》にてのひらをすべらせた。

ジョアンナは息をのんだ。「いいえ、遠慮するわ」

「生まれてくる子馬の父親はぼくの馬なんだ。あのワシントンさ。それにクイーン・ネフェルティティにとっては初産でね。特別なんだ」

「じゃあ、ついていなければ。わたしを送る暇なんかないでしょう」

J・Tは黙って小屋に向かって歩き始めた。玄関に着くと、ジョアンナは鍵《かぎ》を開け、振り向いた。

「おやすみなさい」

「さよなら」J・Tはためらいがちにジョアンナの顔に指で触れた。「きみが居留地から戻るころ、ぼくはアトランタにいるだろう。この次ここに来るのは何カ月も先、たぶんクリスマスだな」

「さようなら。わたしは……クリスマスにはいないと思うわ。バージニアで母と過ごす予定なの」

「用心すれば、もう会わずにいられるわけだ」

ジョアンナはうなずいた。しばらく見つめ合ったあと、J・Tは背中を向けて去っていった。ジョアンナはキスされなかったことにほっとしながら深く息をつき、中に入って鍵をかけた。


翌朝、まだ夜が明けて間もないころ、J・Tは厩からの帰りに小屋の前を通った。驚いたことに、ジョアンナがジーンズとだぶだぶのシャツを着てポーチに座っていた。もう会うことはないと思って――いや、願っていた。ジョアンナの何かが彼の心に赤信号をともしたのだ。厄介なことになりそうな予感がしていた。

「おはよう」彼女が声をかけた。「クイーン・ネフェルティティと子馬は大丈夫？」

J・Tはポーチのいちばん下の階段に足をかけた。「母子ともに健康だ。ワシントンのところに寄って、おまえは美しい娘の父親になったんだぞと話しかけたら、まるで言葉が通じたようだったよ」

「きっと通じたのよ」彼女は持っていた大ぶりのマグカップを両手で握りしめた。「ときどき、動物はわたしたちの想像以上に賢いと思うことがあるわ」

「ああ、そうかもしれない」J・Tは右手で顔をなでた。ひと晩で伸びたひげがちくちくする。「シャワーを浴び、ひげを剃《そ》って、十時間寝たいよ」彼はマグカップに目をとめた。「だが、まずコーヒーを飲むのも悪くないな」

ジョアンナは数分前から飲んでいる薄茶色の液体を見た。「どうぞ座って。持ってきてあげるわ。お好みは？　ブラック？」

「ああ、砂糖だけ入れてくれ。スプーン一杯ほど」

「わかったわ。少し待ってね」

彼女が家に入ると、J・Tはポーチに上がり、籐《とう》の揺り椅子にどさっと腰を下ろした。疲れていたが、気分は爽快《そうかい》だった。この牧場ではくたくたになるほど働いてもストレスを感じない。

「とても濃いわよ」ジョアンナがコーヒーを持ってきた。「カフェインで眠れなくなるかもしれないわ」

彼女の手に触れないように気をつけながら、J・Tはカップを受け取った。「この睡魔に勝てるものはないよ」ひと口ぐいと飲んで息をついた。「うまい。砂糖の量もちょうどいい」

ジョアンナは隣の揺り椅子に座って、自分のカップを口元に運んだ。今朝J・Tに会うとは思っていなかった。ひと晩じゅう厩にいたとは。でも、あわてることはない。午後になればわたしはここを発ち、来週戻ってくるときには彼はいないのだ。

「いつもこんなに早起きなのか?」J・Tがきいた。

「え?」

「夜が明けたばかりなのに、もう服を着替え、コーヒーまでいれている。いつもそうなのか?」

「いつもではないわ。でもときどき、早起きして絵を描くの。ニューメキシコの朝焼けほど荘厳なものはないわ、ニューメキシコの夕焼けを別にすれば」

「この土地に恋をしたようだな。とりこになったよその人間はこれまでも大勢いた」

「かつて、わたしの曾祖母《そうそぼ》も恋をしたのよ――このニューメキシコに。遺跡の発掘のために夫婦で来たときに」ジョアンナはコーヒーを飲み干し、マグカップをテーブルに置いて東の空を眺めた。

「ああ、エレナから聞いたよ」Ｊ・Ｔはもうひと口飲むと、半分ほど中身の残っているカップをジョアンナのカップの横に置いた。「きみの曾《ひい》おばあさんは浮気相手の先住民の男を捨てて戻ったそうだな。有名な考古学者だった金持ちの大学教授夫人として、快適なバージニアの生活に」

ジョアンナは姿勢を正して、揺り椅子の肘掛けを握りしめた。「そんな単純なものじゃないわ。ふたりは心から愛し合っていたのよ。曾祖母は生涯、彼を愛し続けたわ」Ｊ・Ｔの顔の前に右手を突き出した。「死ぬまで彼の指輪をはめていたのよ」

「それなら、なぜ夫と別れてここに残らなかったんだ？」Ｊ・Ｔはジョアンナの手をつかみ、彼女の指輪をぐるぐるまわした。「教えてやろう。ベンジャミンは恋人にはよくても、結婚相手としてはふさわしくなかったからだ。何もかも捨てて連れ添うには都合が悪かった。そんなものは愛じゃない。ただの――」

ジョアンナは乱暴に手を引き、立ち上がった。「あなたに愛の何がわかるの？　そんなふうに言うのはふたりに対する冒瀆《ぼうとく》よ」

Ｊ・Ｔも立ち上がり、ジョアンナの腕をつかんだ。「そのとおり。ぼくは愛について何も知らない。だが、欲望を満たしたときの快感は知っている」彼は身をかがめ、ジョアンナの頬に鼻をすりつけた。

やめて！　ジョアンナは心の中で叫んだ。そんなことをしないで。ベンジャミンとアナベルの美しい愛を、くだらない肉体関係といっしょにしてほしくなかった。それに、自分たちふたりの間にも動物的な衝動があることを、あからさまに言われたくなかった。

ジョアンナはうろたえ、もがいた。J・Tが彼女の腰を強く引き寄せた。おなかにこわばりがあたるのを感じてジョアンナは息をのんだ。「きみが望むなら、ベンジャミンたちと同じようにできるぞ。これから一週間、夜も昼も愛し合い、ぼくがアトランタに帰ってから日記に書くといい。先住民との刺激的な恋を」

「放して」ジョアンナはにらんだ。彼が憎かった。曾祖母たちの愛を軽視されたことが。自分の感情を乱されたことが。

「きみは同じような恋がしたいんじゃないのか?」J・Tがあざけるように言った。「トリニダッドに来たのは……」おそろいの指輪が見えるように彼女の手を持ち上げた。「セクシーな夢を満たしてくれるナバホの男を見つけるためだろう?」

「あなたは何もわかっていないわ。わたしのことも、わたしの夢も」

J・Tは身をかがめた。ジョアンナは手を顔の前から動かすまいとしたが、彼は払いのけ、唇に軽くキスした。

「きみはぼくを求めている――ぼくがきみを求めているのと同じぐらい」

ジョアンナは逆らわなかった。キスは無情で残酷なものだろうと思っていたが、違った。甘く優しくて、体の中を強い風が吹き抜けるような気がした。

彼女もキスを返した。口を開いて彼の舌を受け入れる。体の芯《しん》までしびれたような感覚に襲われた。J・Tは片手で彼女の頭を抱き、もう一方の手でヒップをなでながら、高まりを押しつけた。ジョアンナは彼の首にしがみついた。自分にこれほど激しい欲望があるとは知らなかった。彼がほしくてたまらない。

燃え上がる情熱で体が震え、膝ががくがくし始めた。そのとたん、J・Tに突き放された。

ジョアンナはJ・Tを見つめたまま、揺り椅子の肘掛けをつかんで身を支えた。どうすればいいのかわからなかった。彼をののしり非難したいのに、できなかった。自分も興奮し、望んでキスをしたのだ。

「居留地へ行けよ、ジョー。高貴な野蛮人や、すばらしい朝焼けと夕焼けを描くといい。だが、恋人には別の先住民を探すんだな。ぼくは暇なお嬢さまとひと夏の遊びをする気はない」

J・Tが鋭くにらんだ。ジョアンナは表情を失った。背を向けて母屋に帰っていく彼の後ろ姿が見えなくなるまで、ポーチに立ちつくしていた。涙があふれた。胸が張り裂けそうなほど悲しくて、思わず嗚咽《おえつ》をもらしていた。

4

ジョアンナはジープの後部座席に画材をのせ、花柄の小型スーツケースと小さなバッグも積みこんだ。着替えはジーンズ二本、ブラウス二枚、ナイトガウン一枚と下着数枚しか入っていない。彼女はエレナのいとこのケイト・ホワイトホーンの家に泊まる予定だった。以前にも何度か泊めてもらったことがあり、今朝になって急に訪ねていくことを電話したのに、ケイトは喜んで承知してくれた。

ジョアンナはポーチの階段を上りながら腕時計を見た。十一時二十分。もう一度家の中を点検してからサンドイッチを作って食べ、そのあとで母屋に行ってエレナに挨拶《あいさつ》をしよう。どうかJ・Tがまだ眠っていますように。そうすれば顔を合わさずにすむ。

家に入ったとたんに電話が鳴った。彼女は玄関のドアを開けたまま居間を駆け抜けた。留守番電話が作動する直前に受話器を取った。「もしもし」

「ジョアンナ?」

「ママなの?」

「ええ。元気？」ヘレン・ボーモントがきいた。

「元気よ」突然電話してくるなんて母らしくない。ジョアンナの知るかぎり、上院議員であるヘレン・コールドウェル・ボーモントほど規則正しい人はいない。電話をかけてくるのは月に二度、日曜の朝九時半と決まっている。「どうしたの？　ピーターおじさんがまた心臓発作を起こしたの？」

「いいえ。ピーターは元気よ」

「じゃあ、何があったの？」

「その……なんと言えばいいのか……」

「お願い、はっきり言って。そんな話し方をされると不安だわ」母は決して口ごもったりためらったりしない。今日できることを明日に延ばさない人だ。

「ジョージ警部補が今朝早くオフィスにいらしたの」

その名前を聞いただけで、ジョアンナの全神経が張りつめた。ミルトン・ジョージ警部補はジョアンナを含むリッチモンドの女性十二人が襲われた連続レイプ事件の担当者だった。

「警部補がどうして？」

「飛行機でそっちへ行って話そうと思ったんだけど――」

「ママ、早く言って！」

「レニー・プロットが脱獄したのよ」ヘレンは長いため息をついた。

「まさか」ジョアンナは残虐な犯人が自由にうろつきまわっているのが信じられなかった。「最高に警備の厳重な刑務所にいるんだから、そんなことは不可能よ」

「あなたにはさぞかしショックでしょうね。でも本当なの。プロットは脱獄し、おまけに――」

「おまけに?」

「まだ四十八時間にもならないのに、メロディ・ホートンを見つけたの」

「見つけたってどういうこと?」メロディは当時二十歳の学生で、ジョアンナとあとふたりの被害者とともに証言をして犯人を終身刑に追いこんでいた。

「彼女は誘拐されたの。男が車に連れこむところを近所の人が見ていて、警察の写真で確認したらしいわ。レニー・プロットにちがいないと」

「行方はわかったの?」

「ええ」聞き取れないほど小さな声だった。

「それで、彼女は……?」ジョアンナはきいた。

「絞め殺されていたそうよ」ヘレンははっきり答えた。「ジョージ警部補はあなたとクレアとリビーも注意するようにって。プロットはすでに殺人を……。お願い、帰ってきてちょうだい。あなたの命もねらわれているのよ。こっちでボディガードを雇うわ」

「あの男はわたしがニューメキシコに来たことを知らないはずよ」ジョアンナは言った。「クレアとリビーの居所もわかるわけがないわ。リビーの消息はわたしでさえ知らないんだから」

「なんとしても捜すだろうと警部補は心配していたわ。三人を傷つけるつもりだろうと」

「ああ、どうしてこんなことになるの？　プロットが刑務所に送られて、悪夢は終わったと思ったのに。びくびくして暮らすのはもういやよ。絶対に！」

ジョアンナは事件の晩から何週間も、いつ犯人が戻ってくるかと怯《おび》えていたことが忘れられない。プロットの逮捕後も、気は休まらなかった。だが、恐怖に立ち向かうにはどうすればいいかを学んで、今まで生きてきたのだ。常に用心し、見知らぬ人には警戒を怠らなかった。銃を買って使い方を教わり、護身術を習い、何カ月もセラピーに通った。このトリニダッドで築いた生活はプロットの脱獄ぐらいで壊させない。怯えて逃げたりするものですか。

「ジョアンナ、聞いているの？　お願い、何か言って」

「大丈夫。わたしはここを動かないわ。ここは安全よ。エレナにすべて話すわ」

「でも、もしプロットに見つかったら？」

「ありえないわ」母を安心させるために言ったが、確信はなかった。「このあたりには銃を使いこなせる屈強な牧場作業員が大勢いるのよ。それに、小さな町だから、みんな顔見知りなの。不審者が現れたら、すぐに耳に入るわ」

「ともかく、ジョージ警部補から今日じゅうにあなたにも電話がいくはずよ。新しい情報が入り次第、知らせてくれることになっているの。州の全域で警察が捜索を開始したから、プロットはいずれ捕まるでしょう」

「ええ、きっと捕まるわ。おそらくリッチモンドからも出られないでしょうよ」

「毎日電話してちょうだいね、あなたのことが……」ヘレンは声を詰まらせた。

「毎日かけるわ。約束する」

「愛しているわ、ジョアンナ」

「わたしも愛しているわ、ママ」

ジョアンナはゆっくり受話器を置き、アプリコット色の革のソファに座りこんだ。一瞬、身も心も凍りついたように感覚が麻痺《まひ》した。それがおさまると、全身がぶるぶる震えだした。

ああ、神さま。のどにすっぱくて熱いものがこみ上げてきた。心の奥にしまいこんで二度と思い出さないはずだった恐ろしい記憶がよみがえった。

ふいに冷や汗が噴き出した。心臓が早鐘を打っている。ジョアンナは膝を抱え、体を丸めて前後に揺すった。涙が止まらなかった。

〝「声をあげたら殺すぞ」プロットは彼女ののどにナイフを突きつけながら、耳元でささやいた〟

「思い出しちゃだめ！」ジョアンナは叫んだ。

ぎゅっと目を閉じ、泣くのをやめようとした。

〝あの男は鋭くにらみつけた。ジョアンナの胸を乱暴にわしづかみにし、骨ばった膝で無理やり腿を開いた。ウイスキー臭い息が口をふさいだ。ジョアンナは押しのけて叫ぼうとした。ナイフの刃先がのどをなで、胸に血がしたたり落ちた〟

ジョアンナはぱっと目を開けた。体を揺すっていても震えが止まらない。「だめ！　やめなさい！　思い出しちゃだめ……」

だれかがドアを激しく叩《たた》いたが、心臓の音に耳を奪われていてジョアンナにはよく聞こえなかった。ノックの音だと気づくのに数分かかった。

「ジョー？　出かける準備はできたの？」エレナが大声で言いながら居間に入ってきた。わたしのことを気にかけてくれる友人にこんな姿を見せてはいけない。しゃんとしなさい！

「まあ、どうしたの？」エレナはソファに駆け寄り、膝をついてジョアンナの肩をつかんだ。「気分でも悪いの？」

ジョアンナは首を振った。

「どこか痛むの？」

ジョアンナはまた首を振った。声を出そうとしたが、ひゅうっと息がもれただけだった。

「何があったのか話して。ねえ、ジョー、お願い」エレナはジョアンナの頬の涙をふいて、抱きしめた。

ジョアンナは懸命にこらえていたが、ついに嗚咽《おえつ》をもらした。体の力が抜けた。両手を膝から離して、床に足をつけた。

「五……五年前、わたしはレイプされたの」彼女はか細い声で言った。

「まあ、ジョー……。かわいそうに」

「ニューメキシコに来たのは、新しい人生を始めるためよ」ジョアンナはエレナを抱き返し、また体を離した。「ここのみんなには知られたくなかったわ。あなたには話すべきだったけれど、親しくなったころには、もう忘れたつもりでいたの。必死で忘れようとしてきたから」

エレナはジョアンナの腕をさすった。「それがなぜ今日思い出してしまったの?」

「母が電話してきたの。わたしをレイプした男が……。ああ!」ジョアンナはいきなり立ち上がり、いらいらと歩きだした。「信じられない!」

「信じられないって、何が?」エレナも立って、ジョアンナのあとを歩きまわった。

「わたしを襲った犯人は連続レイプ犯だったの。警察の話によると、わたしは十一番目の被害者で、あの男はもうひとり襲ったところで逮捕されたのよ」

「じゃあ、今は刑務所の中でしょう？　違うの？」

「わたしは裁判で証言したの。ほかにもクレア・アンドルース、リビー・フェルトン、メロディ・ホートンがいっしょに。新たな犠牲者を出さないために」

「偉いわ。正しいことをしたのよ」

「そうね。犯人は終身刑になり、わたしたちはそれぞれの生活を続けたわ。メロディはバージニアに残って短大を卒業し、クレアはミズーリに戻った。リビーは町を出て、その後は消息不明」

「そしてあなたはトリニダッドに来たのね」

「エレナ、犯人のレニー・プロットが脱獄したの」

「ええっ？」

「四十八時間前に逃げ出して」ジョアンナは口を両手でおおった。

エレナはその手を引き離した。「それで？」

「メロディ・ホートンを誘拐して殺したの。プロットは判決が下りた日に言ったわ。なんとしても逃げ出してわたしたち四人を捜し出す、そして殺すと」

エレナはジョアンナを強く抱きしめた。「ここにいれば大丈夫よ。見つかりっこないわ」

「でも、もし見つかったら？」ジョアンナの目はうつろだった。「怖いのよ、エレナ、とっても」

エレナは彼女の背中をなでた。「ええ、わかるわ。でも、心配しないで。J・Tがあなたを守る――」

「J・T？　だめよ、彼には知らせないで」

「何を言っているの。J・Tほど腕の確かなボディガードはいないわ」

「母はわたしをバージニアに連れ戻したいのよ。ボディガードを雇うと言っているの。母に頼めば、だれかをこっちに派遣してくれるわ」

「ほかの人を雇う必要などないじゃないの。J・Tはプロなのよ」

「でも――」

「この話はもうおしまい。あなたは、できるだけ今までどおり、牧場で暮らすのよ。身を守る方法についてはJ・Tが考えてくれるわ」

「あんな事件のこと、彼には言えない――」

「見くびらないで。兄はきっと理解してくれるわ。ジョー、信じて。わたしを、そしてJ・Tを」

J・Tを？　無理よ。男はだれも信じられない。

「アトランタの警備会社にはほかにも人がいるんでしょう？　休暇が終わって戻ったら、J・Tにだれかをよこしてもらえないかしら？　お金は――」

「戻ったら？　今の話を聞けば、兄はここに残って自分で警護するはずよ」

「彼に頼む気はないわ」ジョアンナは何が怖いのかよくわからなかった。プロットに見つかったら殺されるかもしれない。だが、J・Tを巻きこんだら、心をかき乱されそうな気がした。

J・Tはワシントンから降り、手綱を引いて小川の岸を歩き始めた。牧場に接したこの山は、静かで自然にあふれ、彼のお気に入りの場所だ。

心の中は怒りでいっぱいだった。セクハラまがいの態度をとっていた自分にも腹がたつ。ジョアンナの過剰な警戒心の原因は彼に対する反感だけではないと気づくべきだったのだ。いつもの感覚が鈍っていた。ジョアンナを欲するあまりに。

J・Tは鞍《くら》につけてある革のホルスターからライフルを抜き、鞍頭にぶら下げていた布袋もはずした。そしてワシントンに待っているように命じてから、ゆっくり斜面を登った。登りきったところで布袋からさまざまな空き瓶や空き缶を出し、岩の上に並べた。彼は斜面ぎりぎりまで下がり、動かない標的をレニー・プロットに見立てて続けざまに引き金を引いた。それから、まばゆいばかりの青空を見上げた。

〝ジョアンナは五年前にレイプされたの〟エレナの言葉がよみがえった。〝裁判で証言したんだけど、犯人が最近脱獄して、別の証言者を殺したの。証言者全員を捜し出して殺すと言っていたらしいわ〟

J・Tはこみ上げてくる激しい怒りを抑えきれずに荒々しい叫び声を発した。

〝彼女には、この牧場にいれば大丈夫、兄さんがきっと守ってくれるからって、太鼓判を押したのよ〟

ジョアンナを守る。確かに彼は警護の方法を熟知している。これまで人生のほとんどをだれかのボディガードとして過ごしてきたのだ。

海兵隊を除隊後、一年以上にわたって種々の試験や徹底的な身元調査を受けたすえに、シークレット・サービスに入った。オマハからニューオーリンズにかけての各地で、退屈な割り当て仕事から囮《おとり》捜査までやった。大統領候補の警護も何度か務めたし、数年間ホワイトハウスに詰めた経験もある。

最後の任務であわや命を失いかけ――左目を失明した。しかし、そのことで勇武勲章を授与され、中途退職に至った。

六年前からは親友のサム・ダンディーといっしょに仕事をしている。ダンディー・エージェンシーは国内有数の信頼できる警備会社として成功していた。

そう、J・T・ブラックウッドは超一流のボディガードだ。しかしジョアンナ・ボーモントの警護にはふたつ問題がある。まず、彼女にきらわれていること。これは彼女に責任はない。もうひとつは、彼女に惹《ひ》かれていることだが、レイプを経験した女性をどう扱えばいいのか見当もつかない。

この仕事を引き受けるのは愚かだろう。個人的にかかわりすぎている。エレナにはぜひとも彼自身で警護してくれるように言われたが、別の人間を会社から呼び寄せたほうが賢明かもしれない。サイモン・ロークは手があいているし、ガブリエル・ホークも一週間後には今の任務が終わっているだろう。

だが、現時点で二十四時間の警護は必要だろうか？　少なくとも、プロを雇うほどのことはない。ブラックウッド牧場には大勢の作業員がいるので、つねにジョアンナを見張っていられる。もしもプロットにここをかぎつけられたら、そのときこそ熟練したボディガードが乗り出すべきだろう。

彼はまだジョアンナと話し合っていなかった。いくつかの選択肢を与えたうえで、どうするかは彼女の希望に任せようと思っていた。

山を下り、ライフルをホルダーに戻してワシントンにまたがった。五年前の事件を知った今では、ジョアンナと顔を合わせるのがひどく怖かった。もしまずいことを言ってしまったらどうしよう？　もし……。ばかばかしい！　いつから繊細な男になったんだ？　これまでは違ったぞ！　今も、この先もずっと。ただ、ジョアンナのことが気になって、頭から追い払えないだけだ。

牧場に戻ると、J・Tは珍しくワシントンの世話を厩《うまや》番に任せた。ジョアンナをこれ以上待たせるわけにはいかない。

彼女はエレナといっしょに小屋のポーチにいた。揺り椅子に座って、体を前後に揺すっている。J・Tは階段の下でためらいがちにエレナを見上げた。

「どこにいたの？」エレナがきいた。「突然馬に乗って出かけたりして」

J・Tはジョアンナをちらっと見た。彼女は膝に置いた両手を見つめている。いつもの威勢のよさはどこにもない。青ざめた顔で押し黙っている。

「ひとりになりたかったんだ。考えるために」

「ジョージ警部補から電話があったわ」エレナが言った。「バージニア警察の――」

「新しい情報が入ったのか？」

エレナは首を振った。「いいえ。ミセス・ボーモントが話した内容をくり返しただけ」

J・Tは階段を上り、妹の肩に手を置いた。「ジョアンナと話がしたい。ふたりだけで」

「ふたりだけ？　ジョーにはわたしが必要なのよ。置いていくなんて――」

「心配しないで」ジョアンナが言った。「あなたは家に帰って。大丈夫だから」

エレナは立ち上がり、兄の顔に指を突きつけた。「優しく気遣ってあげてね。わかった？」

「最善をつくすよ」とは言ったものの、本当にそれができるだろうかとJ・Tは思った。気遣うことはある程度できる。だが、優しくするにはどうすればいいのだろう。

エレナはジョアンナを抱きしめた。「わたしにできることはなんでもするわよ」J・T

とすれ違いざまに彼の腕を強く握って、帰っていった。

「中に入らないか?」J・Tは言った。「そのほうが人目につかない」

「どうしてそんな必要があるの?」ジョアンナは目を合わさないように、まだ両手を見つめている。「ここにいれば、どうせ知れ渡るわ」

「そうか」J・Tは肩をすくめ、さっきまで妹が座っていた揺り椅子に腰を下ろした。

「きみはぼくに介入してほしいのか、ほしくないのか?」

ジョアンナはため息をついた。「エレナはあなたこそ適任だって言うの——ボディガードとして」

「長年、警護の仕事をしてきたからね」

「どれだけお支払いできるかは母と相談するわ」ジョアンナは両手を膝から上げて肘掛けを握りしめた。

「あと一週間はどうせここにいるんだから、金はいらない」J・Tは脚を組み、カウボーイハットを脱いで膝に置いた。「休暇のあとも残ってほしいなら、報酬の件はそのときに話し合おう」

「あなたがずっと守ってくれるの?」

「きみが望むならね」目の前に座っている彼女はひどく頼りなげだった。か細い手で肘掛けをつかみ、張りつめた弦のように体を緊張させている。「あるいは、会社から優秀な人間を呼んでもいい」

「エレナはあなたに頼みたがっているわ」

「きみはどうしたいんだ、ジョー？」

ジョアンナは顔を上げ、少し首を傾けて彼の目を見つめた。「何もなかったことにしたいわ。五年前の出来事を消したい」

「ああ、しかし……それは不可能だ。ぼくには現在のきみを守ることしかできない」過去に戻って彼女を守れたらどんなにいいだろう。そうすれば、汚らわしいレニー・プロットにジョアンナを触れさせはしなかった。もし触れたら、この手でプロットを殺していただろう。

「ごめんなさい、きちんと話すわね」ジョアンナは立ち上がり、ポーチの端まで行った。J・Tに背中を向けたままだ。「わたしは……」つばをのんだ。「レイプされるまで疑うということを知らず、世の中はすばらしいところだと思っていたの。裕福で仕事にも成功した両親のひとり娘として、愛されて育ったわ。大学で美術の学位を取ったあと、リッチモンドの小さな美術館に就職したの。そして父の法律事務所にいた若いやり手の弁護士と出会って恋をし、結婚の約束をした。唯一の不幸は父が心臓発作で死んだこと。その一年後に……レイプされたの」

「婚約者とはどうなった？」J・Tは膝の上の帽子を手にして立ち上がり、頭にのせた。

「今からその話をしようと思っていたのよ」

　J・Tは彼女のすぐ後ろまで行ったが、手は触れなかった。「続けて」

　ジョアンナは彼の気配を感じて緊張した。たくましい体から発散される熱が伝わってくる。「わたしは事件とその後に起きたことで変わってしまった。人を容易には信じられなくなったの」

「わかるよ。しばらくは無理もない」

「しばらくじゃないのよ……。婚約者のトッドは事件をどう受け止めるべきか苦しんでいたわ。そしてわたしがいちばん彼を――彼の愛と支えを必要としているときに去っていったの」

「なんてやつだ！」J・Tはジョアンナの肩をそっと抱きしめた。彼女はびくっとした。今にも粉々に壊れてしまいそうだ。「そんな男とは別れてよかったんだよ」

「ええ、そうね」ジョアンナはJ・Tには触れられたくなかった。そんなに優しく触れないでほしかった。彼女はもっと強く抱かれたくなっていた。「でも、わたしはますますやりきれない気持ちになった。愛している、妻になってほしいと言った人が信じられないのに、だれを信じられるの？」

「ぼくがいるよ、ジョー」J・Tは彼女をなだめるように肩から腕をなでた。「ぼくを信じてくれ」

ジョアンナの体に震えが走った。張りつめていた気持ちが少し和らいだ。J・Tを信じたい。でも、信じられるだろうか。

「アトランタからほかの人を呼んだりしないで」ジョアンナは体をそらして彼に軽く寄りかかった。「あなたに……守ってほしいの、J・T」深々と息を吸い、ゆっくり吐き出した。「あなたを信じてみると約束するわ」

J・Tは身をかがめ、彼女の耳元でささやいた。「ぼくも約束するよ。信じてもらえるように精いっぱい努力する」

ジョアンナは目を閉じ、彼の胸に体を預けて頭をもたせかけた。「怖いの。とても怖いの」

「ぼくが守ってみせる。いっしょにこの牧場に残るよ。そして、きみのそばにはつねにだれかいるようにしよう、プロットが逮捕されて刑務所に連れ戻されるまで」

「でも、もしも――」

「もしもその前にやつがここを突き止めたら、ぼくが二十四時間体制で警護する。万一きみに近づくようなことがあれば、殺す」

「ああ、J・T、あなたには想像もつかないでしょうね、あの夜わたしがどんな思いをしたか」ジョアンナは目を開け、腕をなでている大きな手をちらりと見た。「そして法廷でも……彼のしたことを一部始終言わされたのよ」

「もういい。思い出すな」J・Tは詳しい話を聞く自信がなかった。レイプの事実を知っただけで頭がどうにかなりそうなのだ。プロットを見つけて去勢してやりたかった。

「あれはわたしのせいじゃないわ。でも、もっと激しく抵抗すべきだったかもしれない。ナイフでのどを切られればよかったのよ」ジョアンナは身を震わせた。「トッドはわたしを責めたわ。なんとか防げたはずだと言って。それ以後……顔を見るのも耐えられなかったみたい。おかげでわたしは、レイプされた直後と同じぐらい汚れているような気分になったわ」

「本当に愛していれば、責めたりしないはずだ。事件の責任はレニー・プロットにある。ほかのだれが悪いのでもない。きみが二度と傷つかないよう、ぼくが全力で守ってみせる」

J・Tはジョアンナのうなじに顔をつけた。首をふんわりおおっている髪から、甘いさわやかな香りが漂っている。こめかみにキスしながら、後ろから抱きしめた。彼女は抵抗しなかった。ふたりは長い間ポーチに立っていた。J・Tは両腕で彼女をしっかり包みこんだ。世の中から守るように。いとおしむように。だれにも渡すまいとするように。

5

母の電話を受けてから五日間、ジョアンナは何がいちばんつらいのかわからなかった。過去を思い出してしまったことは、自分がしっかりしていれば乗り越えられる。だが、プライバシーや自由を奪われたのにはまいった。J・Tの命令で牧場の男たちが交替で彼女を見張っている。四六時中、だれかに居場所を知られているのには慣れていない。護衛を連れずに牧場を出るなと言われ、牧場内でもひとりで馬を走らせることは禁じられた。エレナとアレックスはそんなジョアンナに同情し、よく面倒をみてくれる。それはありがたいが、同情はいらない。もう彼女自身が十分自分をみじめに感じていたからだ。

J・Tに過去をすべて知られたことについては、どう受け止めていいのかわからなかった。気持ちは楽になったが、多少の不安もある。予想に反して彼は優しく親切で頼もしい。元婚約者が見せたような、きみが悪いのだという態度はとらなかった。トッド・マカリスターとは何もかも違っている。トッドは南部の名家の七代目で、教養があり、上品で、今になって思えばエリート主義の俗人だった。アナベルとベンジャミンの恋愛は決して理解しないだろう。身分違いの〝密通〟を快く思うはずがない。

ジョアンナは声を出して笑った。どうしてあんな男に恋していたのだろう？　たぶん、共通点が多そうに見えたからだ。トッドはマカリスター家の四代目の弁護士で、ジョアンナの父もバージニアの高名な弁護士だった。トッドのおじは上院議員で、彼女の母もそうだ。共通の友人も多かった。そもそもの出会いも、彼の兄がジョアンナのいとこのダイアンとつき合っていたのがきっかけだ。

いまいましい！　ニューメキシコに来てからはトッドのことをあまり考えなくなっていた。五年前に数カ月、悲嘆に暮れながら過ごした結果、別れてよかったと納得したはずだった。それなのに今、レイプの記憶とともに元婚約者の冷酷な仕打ちが思い出されて、胸がつぶれそうになっている。

サンタフェの画商に水彩画を三枚依頼されているので、ジョアンナはそのための用紙を準備した。先週は油絵用のキャンバスを二枚張った。どちらも依頼されたもので、一枚はすでに買い手がついている。

この五日間はまったく絵筆を持っていない。そのかわり、仕事の下準備に忙しかった。家の掃除も徹底的にしたし、お気に入りの三〇年代と四〇年代のミュージカルを何作も見直して、アナベルの日記を最初から最後まで読み通した。

J・Tから逃げて居留地に行こうと考えたときは、たくさんスケッチを描《か》いて、頼まれている仕事のアイデアを生み出すつもりだった。いつものような典型的なナバホの風景画や肖像画ではなく、精神を表現したかった。これまでは上っ面を眺めていただけで、曾祖《そうそ》母《ぼ》のようにナバホの誇りといったものにまで迫っていなかった気がする。

　だが、居留地行きは中止になった。旅行は延期するべきだとJ・Tに言われたのだ。

　ジョアンナはクッションのきいたベージュと緑色と橙《だいだい》色の格子柄の椅子に腰を下ろし、松材の手作りのテーブルの上からスケッチブックを取った。この五日間、あまりよく眠れなくて、夜明け過ぎには目が覚めてしまう。絵を描かなくてはと思いつつも、スケッチブックに木炭鉛筆でJ・Tの顔ばかり描きなぐっている。カウボーイハットをかぶっているのもあれば、いないのもあった。ほとんどは描きかけで、右側から見た横顔が多いが、左側から見た眼帯をした絵も何枚かある。

　ぱらぱらとめくって手を止め、今朝描いたスケッチを眺めた。ほかの絵とは違っていた。きびしい表情をしている。白人でもなく、ネイティブ・アメリカンでもない。ひとりの男だ。

　ジョアンナはスケッチブックを閉じて足元に放《ほう》った。一冊の半分ほどもJ・Tを描くなんて、いったい何に取りつかれているの？　もしも彼に見られたら、誤解されてしまうだろう。まるでわたしが……。

　いいえ！　J・Tのことなど、なんとも思っていないわ。感謝はしているけれど。彼はいざというときにはジョアンナに張りついて二十四時間警護する気でいる。ジョアンナは、そんな状況になりませんようにと願った。

休暇はもうじき終わるが、J・Tは牧場に残ると約束していた。この二、三日は遠くから姿を見るだけだったが、つねに彼が目を配り、警戒しているのはわかっている。

しかし、差し迫った危険はなさそうだ。レニー・プロットがどこにいるかはだれも知らない。まだバージニアかもしれないし、すでにニューメキシコに来ているかもしれない。あるいはクレア・アンドルースを追ってミズーリに行ったか、リビー・フェルトンの居場所を突き止めた可能性もある。あの怪物がどこに潜んでいるかは神さまにしかわからない。

違う。当面の危険は、警察が見つけることのできないプロットではない。自分が抱いているJ・Tへの愚かな思いだ。混乱し、過度に神経質になっているからこんなふうに考えるんだわ、とジョアンナは思った。確かにJ・Tは優しくて、レイプされたことにも思いやりを示してくれた。そして、どんな危害も加えさせないと約束してくれた。でも、彼が光り輝く鎧《よろい》をまとった騎士だとはかぎらない。彼の曾祖父のような、ロマンチックな夢をかなえてくれる男性とは思えない。

ドアを激しく叩《たた》く音にジョアンナは飛び上がった。こんなふうに反応してはいけない。物音がするたびにプロットだと思うのはやめなければ。あの男がノックをするはずがないのだから。

さらにノックの音がして、突然やんだ。「ジョアンナ、大丈夫か？」J・Tの声だった。彼女は答えようとしたが、かすれ声しか出なかった。体が脳の命令に応じない。

「ジョアンナ！」

なんとか立ち上がって歩き始めたときには、預けておいたスペア・キーを使ってJ・TがドアGを開けていた。居間と食堂が続いている広い空間を見渡しながら、足早に近づいてくる。彼はジョアンナをにらみつけ、いきなり肩に手をかけた。揺さぶりたい気持ちをこらえているのだろう。

「なぜ返事をしなかったんだ？」J・Tは肩にかけた手に力をこめてから、その手を離した。

「ごめんなさい、わたし――」

「何かあったのか？」

「大丈夫よ。あなたはどうしてここへ？」

「ドライブに誘いに来たんだ。五日間、きみは牧場から出ていない。そろそろ遠出したいだろうと思ってね」

「まあ、エレナの発案ね？　監禁されたような気分だとこぼしたのを彼女から聞いたの？」

J・Tは歯を見せずにかすかに微笑《ほほえ》んだ。「いつも気ままに出かけて、何時間も絵を描いていたそうだな」

ジョアンナはうなずいた。

「エレナがバスケットにランチを詰めてくれたんだ。サンドイッチとアイスティー程度だが」彼はふとジョアンナの格好に目をとめた。「一日じゅうガウンでいるのかい？」

「着替えてくるわ」J・Tに背を向けたところで、ジョアンナは床に落ちているスケッチブックに気づいた。「どこへ行くの？」寝室に向かいながら、それを足で椅子の下に押しこむ。

「トリニダッドの先の古い発掘現場なんかどうだろう。きみの曾《ひい》おじいさんたちが掘っていた場所だ」

廊下の途中でジョアンナはくるっと振り向いた。「本当に？　あそこは何度頼んでも、土地の所有者が入れてくれなかったのよ。不法侵入者にさんざん古代の遺物を盗まれたからって――」

「ぼくの祖父はあの老人、ヘジェカイア・マホニーと犬猿の仲だった。心に決めていた女性が彼と結婚したのがどうしても許せなかったようだ。祖父が後継者として先住民の血を引く孫を認めるはめになったときは、ヘジェカイアはさぞ喜んだだろう」

「つまりあなたは――」

「そう、ヘジェカイアとは昔から気が合ってね」J・Tはつかつかと歩いて格子柄の椅子に座った。「少々力になってやったこともあるから、ぼくに恩義を感じているんだ。彼はものの わからない人間じゃない。考古学者や考古学を専攻している学生には立ち入りを許しているんだよ」

「わたしたちも入れてもらえるの？」

「そうさ。だから、急いで着替えておいで」

「今日はずっとそこにいられるかしら？　スケッチをしたいの。絵を描くための新鮮なアイデアがほしいのよ」

「日が暮れるまでいてもいいさ。じっくり観察できるだろう。エレナの作ったランチもある。気がすむまで描いたらいい」

「ありがとう、J・T」

J・Tはジョアンナの笑顔が好きだった。正直で温かい、心からの笑みだ。「ジョー、向こうにいる間に話したいことがあるんだが、いいかい？」

笑みが消えた。黙っておけばよかったかな、とJ・Tは思った。しかし、彼女に心の準備をしてほしかったのだ。

「いいわよ」彼女は急いで寝室に向かった。

J・Tはカウボーイハットをテーブルに置いた。前かがみになって腿に肘をのせ、開いた脚の間で手をぶらつかせた。

ヘジェカイアの牧場内にある発掘現場に連れ出すことを思いついたのはエレナだ。エレナが電話をかけて、二日がかりで老人と交渉したのだ。J・Tはジョージ警部補に連絡を取ったあと、電話を――サム・ダンディーに一本、FBIにいる友人のディン・カーマイケルにもう一本かけた。その結果、きびしい状況についてジョアンナと話し合うのは、彼女が楽しい気分でいるときのほうがいいと判断した。

J・Tはこの五日間、一日じゅうドアの外に見張りを立たせるまではしなかったが、できるかぎり安全を図った。母屋に移るようにも勧めたが、ジョアンナは自分の住まいを離れたがらなかった。その気持ちは理解できる。だが、プロットが行動を起こしたら、なんとしても母屋で暮らしてもらわねばならない。あるいは――この選択肢は考えたくなかったが――自分がこの小屋に移ってくるかだ。

これまでも警護をするために、感情を交えずに美しい女性と寝食をともにしたことは一度ならずある。だが、ジョアンナ・ボーモントは単なる依頼人ではない。自分が惹《ひ》かれている女性なのだ。

何げなく足元を見ると、椅子の下から本のようなものがのぞいていた。J・Tはかがんで拾い上げた。スケッチブックだ。彼は椅子の背に寄りかかって開いてみた。愕然《がくぜん》とした。あわててページをめくる。すべて彼の絵だ。描きなぐったようだが、だれの顔かは間違いようがない。スケッチブックの中ほどのページに描かれた最後の絵を見て、彼は目を閉じ、その絵の記憶を消し去ろうとした。それはJ・T・ブラックウッドの真実の姿にあまりにも迫っていた。自分自身をきらっている男。頑固で、冷淡で、ひねくれ者。ふたつの文化――祖父に押しつけられた文化と、恥ずべきものとしてかかわりを禁じられてきた文化の板ばさみになって苦しんでいる男。

J・Tはスケッチブックを閉じ、椅子の下に戻した。見なければよかった。もしジョアンナがこれ以上ぼくを描き続けて、世間を取り繕っている仮面の下の激しい怒りや絶望を見破ってしまったら、曾祖父たちにまつわる彼女の夢は……。ああ！　こんなことになる前に踏みとどまるべきだった。ジョアンナはただの冒険好きな金持ちの娘ではない。つき合いたい気持ちはあるが、彼女の夢をかなえる理想の恋人とは思ってほしくない。

今日、率直に話したほうが、お互いのためにいいだろう。ロマンスも永遠の幸福もぼくにはわからない。究極の優しさを求めている女性を、どうやって抱けばいいのだ？

事件のあと、ジョアンナにはベッドをともにするほど信頼できる男がいたのだろうか？　レイプという残虐な目にあった女性はどんな気持ちになるのだろう？　ぼくが婚約者だったらどうしていただろう？　プロットを見つけ出し、この手で殺してやりたいと思っただろう。そして、絶対にジョアンナを見捨てなかったはずだ。彼女が自分のものなら、絶対に……。だが、当時も今も彼女は自分のものではない。そして、お互いのためにこの状態でいなければならない。

「お礼の言いようもないわ、J・T」ジョアンナは大地と空を抱きしめるように大きく両手を広げた。たぶん、今このときを永久にとどめたい心境なのだろう。「この景色はアナベルの日記にあったとおりのような気もするし、まったく違うような気もするわ。曾祖母たちはここでテントを張って暮らし、生活用品はトリニダッドで調達していたのね」

「きみの曾おじいさんはどうして奥さんを連れてきたのかな？　ここは今でも荒れた土地だ。バージニアの上流夫人にふさわしい場所とは思えないが」J・Tは大きな岩に座り、バスケットから水筒を出した。

ジョアンナは谷を見下ろした。さえぎるものは何もない、すばらしい眺めだ。切り立った峡谷。果てしなく広がる青空。その鮮やかな色彩に彼女は息をのんだ。

「アナベルはただの奥さまじゃなかったの。現場の絵を描いたり写真を撮ったりしていたのよ。夫の発掘品をすべて詳細に記録したの。それに、曾祖父のアーネスト・ボーモントは単なる考古学者ではなかったわ」彼女はJ・Tを振り返って微笑んだ。「学界の重鎮たちとも親交があったのよ。一九二七年にペーコスで開かれた学会にも出席したわ」饒舌《じょうぜつ》になっていることに気づいて口をつぐみ、頭を振って笑った。「それもこれも日記を読んでわかったんだけど」

「曾おばあさんが浮気した理由もわかったかい？」

ジョアンナは笑いだしたときと同じぐらい唐突に笑いやんだ。J・Tのそばに腰を下ろし、彼がプラスチックのカップにアイスティーを注《つ》ぐのを眺めた。そして、差し出されたカップを受け取った。彼に触れることも、彼を見ることもあえてしなかった。

「アナベルの父親は死ぬ直前に、ひとり娘の結婚相手として自分と同じ年齢の男性を選んだの。それがアーネスト・ボーモントよ」ジョアンナはアイスティーを少し飲んだ。「アナベルは十八歳のときに四十二歳のアーネストと結婚したの。従順な妻で、ふたりの男の子を産み、しばしば夫の発掘に同行した。結婚生活に不満はなかったけれど、情熱もなかった」

「だからベンジャミンと出会って、情熱を燃やしたのか」J・Tはハムとチーズのサンドイッチの包みを開いた。「未開人とひと夏を楽しんだあと、快適なバージニアに戻って、美しい文体で〝すばらしい愛〟を綴《つづ》ったわけだな」口調からも冷ややかな表情からも、J・Tが皮肉を言っているのは明らかだ。

「アナベルは心から彼を愛していたわ」

「ああ、そうだろう。だが、本当に愛していたなら、すべてを捨ててニューメキシコに残ったはずだ」

「どうしてそんなことができるの？　息子がふたりいたのよ。それに、子どもたちを犠牲にしてはいけないとベンジャミンが言ったの。そんなことをしたら、アナベルはいつか彼を憎むようになると」

「きみは日記の内容に陶酔しているな」J・Tはサンドイッチを手渡した。「ポテトチップスやピクルスもあるよ。食べるかい？」

「いえ、結構」ジョアンナはサンドイッチを半分にちぎってひと口食べた。

「怒ることはないだろう。ふたりの愛について、ぼくらは考え方が違う。きみは情熱的な永遠の愛だと思っている。ぼくはただの欲望だと思っている。人目を忍んで会っていたくせに、夏が終わるとさっさと別れたんだから」

ジョアンナはJ・Tの顔の前に右手を掲げた。「あなたは永遠の愛や情熱を信じないかもしれないけれど、ベンジャミンは信じていたわ。だから真心をこめてこの指輪を作ったのよ」彼女はJ・Tの右手をつかんで持ち上げた。「これもよ。このふたつの指輪は彼の気持ちを象徴しているわ。彼とアナベルの気持ちをすべて」

J・Tは怒ったような目でジョアンナを見つめた。彼女の心臓が激しく打った。J・Tは片手をポニーテールに結んでいる彼女の長い髪の下に入れながら、もう片方の手で腰をつかんで引き寄せた。

「ぼくに何を言わせたいんだ、ジョー？」彼は頭を近づけた。唇にジョアンナの息がかかるほど。「なるほどアナベルとベンジャミンは愛し合っていたかもしれない。だが、それがどうした？　指輪を受け継いだからといって、ぼくたちが特別なきずなで結ばれているわけではない」

ぼくはだれを納得させようとしているのだろう？　ジョアンナか？　自分自身か？　J・Tは特別なきずななど存在しないと思いたかった。だが、ジョアンナとは確かに惹かれ合うものがある。出会った瞬間からあった。しかし、それは彼女が望んでいるようなきずなではない。ありふれた欲望だ。ベンジャミンとアナベルを突き動かしていたのも欲望にちがいない。

J・Tはジョアンナを奪いたかった。今、ここで。鳥と虫と青空以外は何もない、この熱い岩の上で。いや、はるか昔に死んだ恋人たちの幽霊がいるかもしれない。ベンジャミンもアナベルにこんな気持ちを抱いたのだろうか？　彼女に触れるたびに、熱い血が全身を駆けめぐったのだろうか？

J・Tはジョアンナを抱き寄せ、キスした。出会ったときから抑えていた感情をぶつけるような激しいキスだった。荒々しい野性の情熱にかき立てられていた。気遣うことも我慢することもしなかった。じっと身をこわばらせている彼女の口に舌を差し入れ、片手でヒップをつかみ、もう片方の手を頭の後ろに添えた。

そこで突然キスをやめた。彼は額をジョアンナの額につけた。呼吸が落ち着くと、彼女の両肩に手をかけたまま体を離した。「すまない、ジョー。乱暴にする気はなかったんだ。優しくすることに慣れていなくて」

ジョアンナはまっすぐJ・Tを見た。「わたしを壊れ物のように扱う必要があると思っているのね？　レイプされたことがあるから。もう普通じゃないから、ほかの女性のような反応はできないと」

「そうは思ってない」J・Tは彼女の肩をなでた。「ただ、ちょっと乱暴にしすぎたようだ。ぼくの腕の中できみは凍りついていた」

「言っておきますけど、キスしたのはあなたが最初じゃないのよ。デートした男性はほかにも何人かいるわ。キスをすればわたしが夢中になると思っているなら、たいしたうぬぼれね。自分だけがわたしをその気にさせられるとでも思っているの？」

「その気にさせた男がいるのか？」肩に触れていた彼の手の力が抜けた。「だれかと寝たのか？」

「そ……そんなこと、あなたには関係ないわ」

J・Tはジョアンナの首筋に手を這《は》わせ、愛撫《あいぶ》した。「ぼくはきみを守ると約束した。もうひとつ約束しよう。無理強いしたり、力で従わせるようなことは決してしない。たとえ抱くにしても、きみが承諾してくれたときだけだ」

ジョアンナは身震いした。彼は、恋人になりたい、愛し合いたいと告げているのだ。わたしにその心構えができているかしら？「あれ以来……前の婚約者と別れてからはだれとも——」

J・Tは手を離すと、ジョアンナの体には触れずにもう一度キスした。今回は唇をそっと優しく押しつけた。彼女が抵抗しないとわかると、少しずつ激しさを増していった。ジョアンナは彼をいっそう燃え上がらせるかのように首に腕を巻きつけ、キスに応《こた》えた。最初はためらっていたが、しだいに気持ちを抑えられなくなった。やがてジョアンナは息を切らし、震えながら体を離して立ち上がった。

午後の日差しが暖かい。ジョアンナは深呼吸して、J・Tに微笑んだ。「約束は守ってくれるわね、J・T・ブラックウッド？」

「ああ、いったん口にしたことは守る」

ジョアンナはうなずき、くるりと背中を向けると、目の前に広がる、荒涼としているがとてつもなく美しいニューメキシコ北西部の景色を眺めた。約束を守ってくれると思うことはJ・Tを信じることだろうか？　彼を信じたい。でも、心から信じられるというわけではない。

「今朝、話があると言ったのは、アナベルとベンジャミンのことじゃないわね」

J・Tは立ち上がって近づき、ジョアンナを後ろから抱きしめた。彼女はもたれかかった。

「ジョージ警部補と話をしたよ」ジョアンナの体が緊張した。「クレア・アンドルースとリビー・フェルトンにも連絡を取ったそうだ」

「警部補はどうやってリビーを見つけたの？」

「難しいことではない。彼女は運転免許もクレジットカードも持っている。税金も納めている」

「まあ、そんなに簡単に見つけられるとは思わなかったわ。彼女は今、どこにいるの？」

「テキサスだ」

「ジョージ警部補はほかに何か言ってた？」

「プロットの足取りは、依然つかめないらしい」Ｊ・Ｔは彼女を強く抱きしめた。「警察ほど簡単にはいかないだろうが、プロットだってきみたち三人の情報を得られないわけじゃない」

「つまり、見つけ出せると言いたいの？」

「そうだ。ぼくは友人のデイン・カーマイケルに連絡を取った。ＦＢＩの捜査官だ。すでにＦＢＩが動いているのは知っているね。メロディ・ホートンが誘拐されたときに協力を要請されたんだ」

「それで？」

「プロットに自由になる金が何百万ドルもあることを、きみはなぜ言わなかった？　あいつの名前は正式にはレオナード・メイフィールド・プロット三世。きみと同じように裕福なバージニアの名家の出だ」

「知っているわ」ジョアンナはJ・Tの腕の中で自分の体を抱いた。「でも、家柄なんか――」

「それだけの金があれば、どんな情報でも手に入れられる。脱獄するにも相当な金を使っただろう」

「わたしの居場所も突き止めるかしら?」

「ああ、いずれトリニダッドに来る可能性は大いにある。しかし、こっちの準備はできている。きみの安全はぼくが守るよ」

ふたりは眼下の峡谷を眺めながら立っていた。ジョアンナは遠くで太鼓が鳴る音を聞いたような気がしたが、地平線のかなたから稲光に続いて低く雷鳴がとどろいた。空耳だったのだ――J・Tにはじめて出会ったときと同じように。

日も暮れるころ、J・Tは牧場の母屋の前で車をとめ、運転席から出て、ジョアンナが降りるのに手を貸した。

「J・T!」エレナが走ってきた。「ちょうど今、兄さんの携帯電話にかけようと思っていたのよ」

「何かあったの?」ジョアンナはきいた。

アレックスがポーチから下りてきた。エレナは振り向き、すがるように夫を見た。彼は

J・Tを見すえた。「ジョージ警部補がリッチモンドから連絡をくれたんだ。今日の午後、クレア・アンドルースのところにプロットから電話があった。ミズーリに用があるので西に向かっている、もうじき会いに行くと脅したそうだ」

ジョアンナは息をのみ、こぶしを握りしめた。「あの男はクレアの居場所を突き止めたのね。わたしを見つけるのも時間の問題だわ」

6

〝口をふさがれて叫ぶこともできない。ジョアンナの目をのぞきこみ、怯《おび》えた表情を見て彼は笑った。

「必ず脱獄しておまえを見つけ出すと言っただろう?」レニー・プロットはにやにやしながら彼女ののどにナイフを当てた。「警告したはずだぞ、証言したら後悔することになると。おまえにもほかの三人にも」

逃れようともがいたが、彼にのしかかられた。

「逃げられないよ。ここにはおまえを守ってくれる者はいないんだ」彼は無理やり唇を押しつけて、舌を突っこんだ。

ジョアンナはうめいた。彼はガウンの下に手を入れ、ゆっくりと腿の付け根まで指を這《は》わせてくる。

やめて、お願い。もうたくさん。早く殺して! 彼の指が全身をまさぐる。のどにナイフが触れた〟

ジョアンナの悲鳴が夜をつんざいた。彼女はベッドからはね起きた。ナイトガウンが汗でぐっしょりぬれている。がたがた震えながら両手でシーツを握りしめ、呼吸を落ち着けようとした。手を伸ばして、ベッド脇《わき》の明かりをつけた。

夢だ。夢を見ただけ。でも、あまりにも真に迫っていた。これは前触れ？　プロットとの対決は避けられないの？

J・Tが乱暴にドアを開け、寝室を見まわした。銃を握りしめている。J・Tは侵入者がいないのを確認して、ジョアンナに振り向いた。

「何があったんだ？」身につけたショルダーホルスターに銃を戻しながら、彼はベッドに近づいた。「ぎょっとしたよ」

「どうしてあなたがここに？」ジョアンナはベッドから足を下ろして座った。

「牧場の連中を交替で小屋の外に立たせているんだ。ゆうべから。ぼくはさっき起きて、チャック・ウェッブと交替した」J・Tはジョアンナの隣に腰を下ろした。「十分もしないうちに、きみの悲鳴が聞こえたというわけだ」

ジョアンナは怯えるあまり、無意識にJ・Tから離れた。「夢を見ただけよ。でも、本当に怖くて」

「どんな夢か話してくれないか？」よほど怖かったのだろう、とJ・Tは思った。抱きしめてやりたかったが、彼女は明らかに触れられるのをいやがっている。今は無理だ。

ジョアンナは首を振った。「いいえ、忘れたいの」

「もう一度眠れそうかい？」

「いいえ」眠ったら、またいやな夢を見てしまいそうだ。「今、何時？」

「五時過ぎだ。眠れないようなら、コーヒーをいれてこよう」

J・Tは立ち上がったが、そのとき手にジョアンナの指先が触れるのを感じた。見ると、彼女が手を差し出している。J・Tは胸が痛んだ。てのひらを広げて彼女の手を受け止めた。思いきり腕の中に引き寄せたい。だが、彼は息を殺して待った。

ジョアンナはJ・Tの指に自分の指をからませて、強く握った。

J・Tの心に思いがけない感情がわいた。欲望は消え、とてつもなく優しい気持ちになった。彼女のために闘うのだ。野性の本能が叫んでいた。この女性はぼくのものだ！顔は見られなかった。彼女がどんな目を向けているか、自分がどんな行動をとるか自信がなかった。

ジョアンナも立ち上がった。「ありがとう、来てくれて」

J・Tはゆっくり視線を上げ、息をのんだ。緑がかった青いシルクのナイトシャツ姿のジョアンナが妙になまめかしい。豊かな赤い髪がゆるやかに肩で波打っている。緑色の目がこちらを見つめていた。

彼は胸苦しくなった。「ジョアンナ――」

「わたしがコーヒーをいれるわ」彼女は手を放し、椅子にかけてあったおそろいの青いシルクのローブを取った。「バナナマフィンもあるのよ。昨日焼いたの」

手が離れた瞬間に、J・Tは芽生えかけていた親密さをつみ取られたような気分になった。

「コーヒーにマフィンとは嬉《うれ》しいね」彼はジョアンナに続いて寝室を出た。

彼女は居間の明かりをつけ、キッチンの蛍光灯もつけた。J・Tはテーブルのウィンザーチェアに腰を下ろした。

「本当に手伝わなくていいのかい？」

「ありがとう。でもひとりのほうが早くできるわ」

ジョアンナはコーヒーの用意をしながらマフィンを温めた。J・Tは目が離せなかった。まったく！　こんなに熱い気持ちになったのは何年ぶりだろう。心の中で野獣が頭をもたげ始めている。だが、彼女が求めているのは忍耐強くて優しい理解ある恋人だ。いまいましい！

テーブルクロスの模様を眺めているうちに、ナバホ族の図柄だと気づいた。敷物や毛布やさまざまなナバホのものを見てきたのですぐにわかる。エレナが結婚後に彼の許しを得て母屋の改装をしたときに、ほとんどの部屋にナバホのものを置いたからだ。

ジョアンナは熱いコーヒーを入れたマグカップをふたつテーブルに置いた。そのあと、電子レンジから出したばかりの大きなマフィンを二枚の皿にひとつずつのせて持ってくると、J・Tの向かいに座った。マフィンをふたつに割り、さらに小さく割って自分の口に放《ほう》りこむ。そしてゆっくり味わってから、コーヒーといっしょにのみこんだ。

J・Tも自分のカップを手に取った。いい香りだ。毎朝、起きぬけにコーヒーを飲むのだが、今朝はその時間も惜しんで飛び出してきた。なぜかジョアンナが自分を必要としているような気がしたのだ。

彼は両手でマグカップを持って、ひと口飲んだ。「夢にプロットが現れたのか?」

ジョアンナはマグの中の茶色い液体に視線を落とした。「ええ。あの男に見つかって……」顔を上げ、J・Tが異様な表情で見つめているのに気づいてため息をついた。「レイプされ……殺されそうになって」

「それで悲鳴をあげたのか」J・Tは手を伸ばし、てのひらを上にしてテーブルの上にのせた。「そんなことは起こらないよ、ジョー。ぼくがいる。もしプロットがここを見つけても、ぼくを倒さないかぎりきみにはたどり着けない。もっと荒っぽい連中でも、やすやすとはいかないはずだ」

ジョアンナはJ・Tの手を見た。気遣ってくれているのがわかる。さっきもそうだった。手を握ろうとはせず、何も無理強いしない。彼女のほうから動くのをじっと待っている。

ジョアンナは手を重ねた。彼はその手を優しく包んだ。

ジョアンナはにっこりした。彼も微笑《ほほえ》み返した。

「大丈夫よ。怯えているのは確かだけど、なんとかがんばるわ。以前もそうするしかなかったの。レイプされたあと、長い間、夢にうなされたわ。ニューメキシコに来てからも、ぐっすり眠れたことはほとんどないの」

「よくわかるよ。ぼくもこのけがのあと、何度かいやな夢を見た」J・Tは黒い眼帯を指さした。「銃弾が視神経を切断し、脳もひどい損傷を受けた。死ななかったのは運がよかったからだ」

「その眼帯は似合っているわ。ならず者みたいで、ちょっぴり危険そう」

「ぼくは危険な人間だよ、ジョー。覚えておいたほうがいい」

「それは警告?」

J・Tは彼女の手を強く握ってから立ち上がり、残りのコーヒーを飲み干した。「きみはロマンチックな夢を見ている。ぼくはそれをかなえられない。かかわると傷つくことになるぞ」

彼は居間に向かったが、暖炉の前で足を止め、その上に掛かっている肖像画に見入った。赤い髪を二〇年代にはやったボブカットにした美しい女性が思わず吸いこまれそうな青緑色の目で見下ろしている。

「アナベル・ボーモントよ」ジョアンナも居間に入ってきた。「古い写真と肖像画をもとに、わたしが描《か》いたの。アナベルが十六歳のときに父親がだれかに描かせた肖像画が、母の家の客用寝室に掛かっているから」

「ベンジャミンが惹《ひ》かれたのもわかる気がするよ。美人だったんだな」J・Tは振り向いてジョアンナの顔をまじまじと見た。「きみによく似ている」

「ええ。わたしは父親似なの。父はアナベルの顔だちを受け継いだらしいわ」

ぼくがベンジャミンとそっくりなことを明かしたら彼女はどう反応するだろう、とJ・Tは思った。曾祖父《そうそふ》の写真は見たことがないし、そもそも写真があるのかどうかも知らないが、自分がベンジャミンに似ているのはわかっていた。母からトルコ石つきの銀の指輪をもらったとき、一枚の黄ばんだ素描画も渡されていた。用紙の端はすり切れ、木炭の色もあせていたが、その絵も指輪も、ナバホ一族に尊敬されていた銀細工師ベンジャミン・グレイマウンテンのものだと母は言った。

J・Tは落ち着きなく居間を歩きまわった。何か取り返しのつかないことを言ったりしたりする前に立ち去るべきだとわかっていながら、ジョアンナを残して出ていきたくなかった。出ていけば、逃げたと思われるだろう。だが、どこへ逃げられる？　外で見張りをするのか？　ジョアンナから——彼女への思いから逃げられる場所はどこにもないのだというやるせない気持ちに駆られた。

彼はポーチに面する窓際に置かれたイーゼルの前で立ち止まり、絵を見てはっとした。

昨日、発掘現場に連れていったとき、ジョアンナが二時間近くスケッチをしながらときどきこちらを見ていたのは知っている。だが、自分が描かれているとは思わなかった。

驚くことはない。すでにスケッチブックの半分ほどが彼の絵で埋められていたのだから。しかし、これは雑な下絵ではない。完成した作品だ。しかも、そこには彼を当惑させる何かがあった。どこがどうとは言えないが、何か――自分ではないようなところが。

「あなたに見せる気はなかったのに」ジョアンナがそばに来た。「描く前に許可をもらうべきだったわ」

J・Tはジョアンナの手首をつかんだ。「今さら許可もないだろう？　スケッチブックにたくさん描いているんだから」

ジョアンナは目をむいて飛びのいた。「なぜ知っているの？　いつ見たの？」

「昨日、きみが着替えるのを待っているときに見つけたんだ。椅子の下から半分のぞいていたからね」

「じゃあ、どうして黙っていたの？」

「きみにばつの悪い思いをさせたくなかった」

「ばつの悪い……」ジョアンナは吹き出した。「たいしたうぬぼれね、J・T・ブラックウッド。あれはあなたの考えているようなものじゃないわ。これもよ」イーゼルにのせてある絵を指す。「わたしが恋わずらいをしていると思っているなら――」

「恋わずらいとは言っていない。ロマンチックな夢を見ていると言ったんだ。曾《ひい》おばあさんが先住民と恋をしたから、きみは自分も同じ運命にあると決めつけている」

「日記のことを人に話すんじゃなかったわ、特にあなたになんか！」彼女はつかつかとイーゼルに近寄ると、絵を床に投げ、足で思いきり踏みつけた。

「怒ることはないだろう。ぼくに幻想を抱くなと警告しただけだ」

J・Tは相手をいらだたせるようなにやにや笑いを浮かべた。ジョアンナは彼の横っ面をひっぱたいてやりたかった。「わたしはネイティブ・アメリカンを題材にした絵を五枚依頼されているの。でも、この土地やナバホの人たちの魂がどうしてもはっきりつかめなかったの。あなたを描いているうちに、あなたの祖先が見えてきたのよ。何枚かは、わたし自身の内面を深く探りながら、紙の上にかなり感情を表現できたわ」

「どういう意味だ？」

「あなたはカウボーイとして育ったかもしれないけれど、カウボーイとして描こうとすると何か足りないことがわかったの。このスケッチで……」彼女は話題の的になっている絵の上で足を踏み鳴らした。「ともかく、わたしは本当のあなたをとらえた。カウボーイでありネイティブ・アメリカンでありながら、実はそのどちらでもない男性を」

J・Tは頭の中で鳴っている警鐘を無視し、原始的な欲望と心のささやきに任せて彼女の手をつかみ、にらみつけた。「勘ぐりすぎだぞ、ジョー」

「あなたなんか怖くないわ」ジョアンナは挑戦的にあごを突き出し、まともにJ・Tを見返した。

「強がるな。だが、ぼくとしては怖がってほしくない」J・Tはジョアンナの唇を激しく奪った。彼女もたちまちしがみついてきた。

J・Tはヒップをつかんで引き寄せ、自分の高まりを押しつけた。もう我慢できなかった。

ジョアンナを抱き上げ、問いかけるような目を見つめながら革のソファに運んだ。そこに横たえ、すばやくローブの前を開き、シルクのナイトシャツをあらわにした。ジョアンナは震えた。

「楽にして、ハニー」J・Tはそう言いながらローブを脱がせて床に放った。それからソファにのってジョアンナを両脚ではさみ、彼女の頭の左右に手をついて自分の体を支えた。

ジョアンナは手を伸ばしてJ・Tの顔をそっとなでた。「できるかどうかわからない。こんなこと……わたし――」

「きみのしたいところまででいい」J・Tは彼女の額にキスした。「ぼくをほんの少しだけ信じてくれ。やめろと言われたらやめる。たとえつらくても、やめる。約束する。ただ、お互いに心を偽るのはもうよそう。ぼくはきみがほしい。きみも同じだろう」

ジョアンナはうなずいた。微笑もうとしたが、できなかった。J・Tに触れてほしい、この熱い気持ちを満たしてほしいと思いながらも、彼の腕の中で凍りつきそうで不安だった。もしそうなったら、彼はどうするだろう？　本当に約束を守ってくれるかしら？

J・Tは彼女のナイトシャツのボタンをゆっくりはずし始め、見えてくる肌にキスしていった。のど、胸の間、おなかへと唇を這わせ、おへそのすぐ下で止めて彼女を見上げた。それから慎重にナイトシャツを大きく開き、彼女の裸体を眺めた。

「ジョアンナ」これほど美しい女性は見たことがない。ほっそりした体の線、クリームのように白い肌。

こみ上げてくる欲望を、J・Tは必死で抑えた。

ごろりと仰向けになると同時に彼女の体を持ち上げた。ジョアンナはうめき、彼の両肩をつかんで上になった。彼の手がナイトシャツの下に伸び、ヒップを愛撫《あいぶ》している。ジョアンナは目を閉じて、わき上がる感覚を噛《か》みしめた。

J・Tは彼女の胸の先端を歯ではさみ、からかうように引っぱった。ジョアンナはもだえた。彼は片方の胸を口に含み、もう片方も同じようにした。ジョアンナが苦しいような喜びに耐えられなくなったとき、突然J・Tは動きを止め、彼女ののどにキスをして、頭の下で手を組んだ。

「どうしたの？」ジョアンナはかすれ声で言った。

「今度はきみの番だ」

「わたしの？」どういうこと？

「シャツを脱がせてくれ」

「まあ」ジョアンナは緊張した指先ですばやくボタンをはずし、シャンブレー織りのシャツをはだけた。思わず息をのんだ。見事な体だ。引きしまった筋肉がブロンズ色に輝いている。彼女は顔を近づけ、小さな固い乳首にキスした。J・Tはうめいた。

彼はジョアンナのうなじに手を伸ばし、髪に指をからませた。ジョアンナは彼の胸のあちこちにキスしながら、少しずつベルトのバックルに近づいた。

J・Tはジョアンナの両肩をつかんで引き上げると、唇を奪い、舌を入れた。ジョアンナはあえぎ、自分でも驚くほど激しく応じた。

唇を触れたままJ・Tはささやいた。「ベルトをはずしてくれるかい、ハニー？」

ジョアンナは微笑みながらうなずき、彼の腿の上に腰を落とした。手が震える。J・Tは彼女の手を取って、トルコ石のついた銀のバックルをはずすのを手伝った。それから手を放し、待った。彼女はファスナーのつまみに触れ、はじかれたように手を引いた。

「だめ……できない」

「無理しなくていい。決めるのはきみだ、ジョー」

ジョアンナはファスナーを下げ、彼の高まりに手を当てた。J・Tはのどの奥でうなった。自制心を失いそうだ。想像を絶するほどの苦痛だった。

J・Tはジョアンナのヒップをすくい上げ、腿の付け根を自分の高まりに押しあてた。その感触に慣れさせるために、ゆっくり腰を浮かせる。ジョアンナは全身を震わせたあと、本能的に体を揺すった。

J・Tはもう我慢できなかった。「ジョー、きみがほしい」むさぼるようにキスをする。ジョアンナも夢中で応《こた》えたが、彼の指が熱い湿った場所にすべりこんだ瞬間、両手を突っぱって体を引いた。

「だめ。無理だわ」涙があふれた。J・Tを失望させたのはわかっている。彼が限界寸前だったことも。

J・Tはジョアンナを起こすと同時に自分も起き上がり、膝にのせた彼女を抱きしめた。「いいんだよ、ハニー」彼女の首筋に鼻をすり寄せ、頬にキスし、ナイトシャツのボタンを三つとめた。

「ごめんなさい」ジョアンナは必死で涙をこらえた。

「謝ることはない。今はこれで十分だ。お互いに気遣いが足りなかった。もっと先に進む気持ちになったら、教えてくれ」

「ああ、J・T」ジョアンナは固く握った手で口をおおい、何度か深く息をついて嗚咽《おえつ》をこらえた。

J・Tはソファに座ったまま、すすり泣くジョアンナを抱きしめていた。たまらなくつらかった。これほど女性をほしいと思ったことはない。だが、彼女を傷つけたくはなかった。二度と傷つけないためなら、特に自分が傷つけてしまわないためなら、どんなことでもしようと思った。

　ベンジャミン・グレイマウンテンもアナベルにこんな感情を抱いたのだろうか？　狂おしく、無我夢中で求めていたのだろうか？　もしそうなら、曾祖父が人妻と道を踏みはずした気持ちもわかる。わからないのは、なぜ彼女を引き止めなかったかだ。


　エレナがスツールの上でもぞもぞ動くと、それにつれて腰までの長さの黒髪が揺れた。

「少し休ませて、ジョー。ずっと同じ姿勢だから、体が痛くなっちゃって」

　ジョアンナはため息をついて筆を置いた。エレナは十五分以上はじっと座っていられない。アレックスの誕生日までに肖像画を完成できるかどうか不安になってきた。

「いいわ、ひと休みしましょう。アイスティーでも飲もうかしら」ジョアンナはジーンズで両手をふき、イーゼルから離れた。腕時計を見ると、一時を過ぎている。「まあ、ランチにしたほうがいいわね。こんな時間になっているとは思わなかったわ」

「わたしなら母屋に戻らなくても大丈夫よ。アレックスは昨日から新しい彫刻に取りかかっているの。彼が制作を始めたらどうなるか、知っているでしょ。夕食のときにアトリエから出てきたらいいほうね」

「じゃあ、ここでいっしょに食べましょう。サンドイッチを作るから」

「手伝うわ」エレナは着ている服をちらっと見た。「エプロンを借りられる？　この服は汚したくないの」

エレナは足首丈の赤い木綿のギャザースカートをはき、同じ素材の長袖《ながそで》ブラウスを着ていた。デザインはシンプルだが、褐色の肌を見事に引き立たせている。アクセサリーはふんだんにつけていた。いくつもの指輪、ブレスレット、長いイヤリングはすべてトルコ石と銀でできている。首にはナバホ特有のナジャ・ペンダントを下げている。ベンジャミン・グレイマウンテンが作ったもので、母親の形見だ。

彼女はジョアンナについてキッチンに入り、ジョアンナがテーブルを整えている間に、冷蔵庫からパンとコールドチキンを出した。

「J・Tとはどうなっているの？」

「うまくいっているわよ」ジョアンナはエプロンをエレナに放った。「彼が警護の指揮を執ってくれていると思うと、心強いわ。ここに来るとき、外でティム・ローリンズを見たでしょう？」

「ええ。二十四時間だれかに見張らせることにしたって、ゆうべJ・Tから聞いたわ」エレナはチキンをスライスしてサンドイッチの準備をした。「J・Tは今朝早く、見張りを引き継いだんでしょう？」

ジョアンナは持っていたポテトチップスの袋をテーブルに落とした。「そう。かなり早くね」エレナと視線を合わせないようにうつむく。目を見られたら、きっと何か読み取られてしまうだろう。

「朝食を食べに戻ってきたとき、様子が変だったのよ」エレナは冷蔵庫から氷を出してグラスに入れた。「ちょっと水を向けたら、急に饒舌《じょうぜつ》になったの。今のあなたみたいに」

「なんの話？」

エレナはグラスに紅茶を注《つ》いでテーブルに持ってきた。「何かふたりだけの秘密ができたでしょ？」

ジョアンナはあわてて笑い飛ばした。「いくらあなたがわたしたちを結びつけようと長い間企《たくら》んできたからといって、わたしたちは簡単にその気にはならないわ」

「何かあったのね！　わかっているんだから。白状しなさい。兄がキスしたの？」

玄関のドアをノックする音がした。ジョアンナは飛び上がり、エレナは息を止めた。

「やれやれ、びくびくしすぎね」エレナが言った。「だれが来たのか見てくるわ」

「いいえ、あなたはランチの支度をすませて。わたしが出るから」

玄関のドアを開けて、ジョアンナはポーチにクリフ・ランスデルが立っているのを見て安堵《あんど》のため息をついた。

「こんにちは」クリフは帽子を取った。「どうしているかと思ってね。お邪魔だったたかな?」

「とんでもない。どうぞ入って。エレナとお昼を食べるところだったの。いっしょにいかが?」

「いや、昼食はすませた。ありがとう」

クリフはハンサムで礼儀正しく、ジョアンナは初対面のときから好感を持っていたが、数回デートしたあと、彼女のほうから交際を断った。クリフは、彼女が考えていたよりずっと真剣な気持ちで、性的な関係を求めていたのだ。

「紅茶だけでもどう?」エレナがキッチンから叫んだ。

「おかまいなく、エレナ。長居はできないんだ。ただ、伝えておきたいことがあって……その、ジョアンナ、ぼくは……」彼はそわそわと帽子を持ち替えた。「きみを守るために、J・Tに協力してなんでもするよ」

ジョアンナはクリフの手を取り、親しみをこめて握りしめた。「ありがとう。心配してくれて――」

電話が鳴った。ジョアンナは緊張した。もう、どうにかしないと! ノックや電話の音にいちいち驚くなんて。

「わたしが出ましょうか?」エレナが言った。

ジョアンナはうなずいた。クリフが肩に手を置いた。彼の優しい笑顔を見て、いくらか落ち着いた。

「もしもし。まあ、ミセス・ボーモント。ええ、ジョアンナはここにいます」エレナは受話器を差し出した。

ジョアンナは躊躇《ちゅうちょ》しながら歩いていき、受話器を受け取った。「もしもし、ママ。元気？」

「元気か、ですって？」ヘレンはきき返した。「とんでもない。あなたのことが心配で病気になりそうよ」

「わたしは大丈夫よ。心配いらないわ」

「あら、どうしてそう言いきれるの？　レニー・プロットはクレア・アンドルースの居場所を見つけて脅迫電話をかけたのよ。リビー・フェルトンやあなたの居場所が見つかるのも時間の問題よ」

「その可能性もあるけど、必ず見つかるとはかぎらないでしょう」

「必ずよ」ヘレンはため息をついた。「プロットの家は大金持ちで、彼がいくらでも使えるように、愚かな母親が協力しているわ。どんな情報もお金で買えるのよ」

「わたしはこの牧場で厳重に守られているわ。Ｊ・Ｔが家の外につねに見張りを配置しているの」

「確かにミスター・ブラックウッドの判断は賢明でしょうけど、バージニアに帰ってきたほうがもっと安心だわ。彼に送ってもらってもいいし、こっちからボディガードを迎えに行かせてもいいわ。お願い、ジョアンナ、帰ってきて」

「ママ、わたしの家はここなのよ」ジョアンナは下唇を噛み、天を仰いだ。「一生ニューメキシコで暮らすの。そっちに戻る気はないわ」

「そのうち気が変わるでしょうね」ヘレンは言った。「家庭を持ちたくなったら、ふさわしい夫を見つけるためにバージニアに戻ってくるでしょう」

「どうしてこのニューメキシコじゃいけないの？」

「ジョアンナ、ブラックウッドという人とは何もないんでしょうね？」

ジョアンナは手の関節が白くなるほど受話器を握りしめた。「なぜそんなことをきくの？」

エレナが不審そうな目を向けているのがわかった。クリフも不可解な顔をしている。

「あなたが曾おばあさまの日記に夢中なのは知っているわ。ニューメキシコに行くと聞いたとき、わたしは一時的な転居だと思おうとしたの。あんな……いやなことから逃げたかったんでしょう？　よくわかるわ。でもそこに定住するとか、実際に……あの人たちとかかわりを持つとは夢にも思わなかった」

「あの人たち？　ネイティブ・アメリカンのこと？　そうなのね、ママ？」

「ブラックウッドについては徹底的に調べたわ」

「なんですって？　よくもそんなことを！」

「あなたを危険から守るためなら、なんでもするわ。彼は仕事に関しては優秀で、会社も国内で最高レベルの警備会社のようね」

「だったら、わたしを呼び戻す必要はないでしょう？」

「ブラックウッドとの関係をまだ答えてくれていないわね。つき合っているの？　彼がベンジャミンの曾孫《ひまご》だということはわかっているのよ」

「まあ、本当にJ・Tのことをあれこれ調べたのね」ジョアンナはエレナとクリフのほうをちらりと見た。人前でこんな会話をしたくなかった。特にエレナの前では。

「どうしても戻ってくる気がないなら、わたしが行くわ」

「ママ、それはやめて！」

「明日飛行機で行くから、直接話し合いましょう」

「ママは何をそんなに心配しているの？」ジョアンナはエレナとクリフに背を向け、声を落とした。「プロットがわたしを見つけて殺そうとしていること？　それとも、わたしがJ・T・ブラックウッドに恋をして求婚してしまうこと？」

「あなたは分別をなくしているようね。これ以上話しても無駄だわ。明日、そっちへ行きます」

「だめよ、ママ、来ないで――」ツーという発信音が聞こえた。

　クリフ・ランスデルが近づいてきて、ジョアンナの背中に手をかけた。彼女が振り向くと、腕を肩にまわした。ジョアンナはもたれかかった。支えてくれる人がいるのがありがたかった。

「お母さまが来るのね」エレナが言った。

　ジョアンナはうなずいた。「ええ、明日」

「大丈夫かい、ジョアンナ?」クリフがきいた。

　ジョアンナは彼の腰に腕をまわして抱きしめた。「ちょっと頭に血が上っただけ。すぐにおさまるわ。ママのことは愛しているのよ。でも、いつもわたしの人生を支配しようとするの」

　エレナはエプロンをはずしてソファの背にかけた。「お母さまが頑固だとは聞いてなかったわ」

　ジョアンナは笑った。「母は自分では絶対にそう思っていないでしょうね。でも、頑固者よ。母が恐れているのは、わたしが――」

「だれが何を恐れているって?」J・Tがキッチンに通じる戸口で言った。

　だれも彼が入ってくる音に気づかなかった。三人はいっせいに振り返って見つめた。

「裏口の鍵《かぎ》がかかっていなかったぞ。これからは気をつけるように」J・Tは居間に入ってきた。彼の目は、ジョアンナの肩にまわされたクリフの腕に釘《くぎ》づけになった。「何があった？　だれの話をしていたんだ？」

「たった今、母から電話があったの」

「ミセス・ボーモントはジョアンナの身を心配しているんです」クリフが言った。

「ジョアンナが傷つくのではないかと恐れているのよ」エレナは兄の顔を見ずに話した。

「きみ自身も不安なのか？」Ｊ・Ｔはジョアンナのすぐ後ろまで近づき、クリフをにらみつけた。

クリフは手を離して、一歩脇によけた。Ｊ・Ｔとクリフの間に交わされた無言のやりとりを見守っていたジョアンナは、少しクリフに同情した。今、Ｊ・Ｔに刃向かう勇気のある者はいないだろう。彼には他を圧倒する強烈な雰囲気がある。男ならみんなそれを本能的に察知するはずだ。クリフは強くたくましい、大柄な男性だ。馬に乗ったり投げ縄をしたり、作業員主任として命令する姿をジョアンナは何度も見てきた。だが、その彼でさえ、あえてＪ・Ｔに逆らおうとはしなかった。

「失礼したほうがよさそうだな」クリフが言った。「何か力になってほしいときは――」

「彼女にきみの力は不要だ」Ｊ・Ｔがさえぎった。

クリフはうなずき、急いで玄関から出ていった。

「あんなに威張らなくてもいいでしょう」ジョアンナは振り向き、両手を腰に当ててＪ・Ｔをにらんだ。

「そのとおりよ、兄さん」エレナが言った。「クリフは励ましに来ただけなんだから」

「悪いけど、ちょっとひとりになりたいから寝室に行くわね」ジョアンナは通りがけにエレナの腕を軽く叩《たた》いた。「母に電話して、来ないように説得してみるわ」

ふたりきりになったとたん、エレナはJ・Tに振り返った。「兄さんは感情を表に出しすぎよ」

「なんの話だ?」

「まるでジョアンナが自分のものみたいな態度をとるんだもの。さっきは一瞬、クリフの腕をへし折るんじゃないかと思ったわ」

「ばかばかしい」

「そう?」エレナはにっこりした。「わたしはそうは思わないわ。クリフはメッセージを受け取ったわよ。ジョアンナもね」

「どういう意味だ?」

「ジョーはぼくのものだ、だれも手を出すな、とはっきり伝えていたじゃないの」

「おまえの思い過ごしだ」

「ねえ、ジョアンナは今、そんな横柄な態度をとってほしくないのよ。電話で不愉快な話をしたばかりなんだから。彼女のお母さんは、別のボディガードを雇うからバージニアに戻ってこいと言っているの。娘が間違った男性と親しくなりすぎるのを恐れているのよ」

「間違った……？　ぼくのことか？」

エレナは首を振った。「ジョアンナは必死でお母さんをやりこめたわ。お母さんの考えには反対なの。ジョアンナは違う考えを持っているわ」

「ボーモント上院議員は娘に先住民の血を引く男と真剣につき合ってほしくない。そういうことだな？　心配はいらない。ぼくとジョアンナの間に何が起きようと、真剣なものじゃない。結婚する心配など――」

「母にはわかってもらえなかったわ」ジョアンナが居間の隅に立っていた。蒼白《そうはく》な顔をし、涙でうるんだ目でJ・Tを見つめている。

J・Tにはジョアンナに妹との会話を聞かせるつもりはなかった。不注意な言葉で傷つけてしまった。なぜもっと気をつけなかったのだろう？　彼女をこれ以上苦しめることだけはしたくなかったのに。

「ジョー、話があるんだ」J・Tは言った。

「その必要はないわ」ジョアンナはエレナを見た。「しばらくひとりになりたいの。お願い」

「ぼくは話をするまで帰らない」J・Tはためらいがちにジョアンナに近づいた。

エレナが彼の腕をつかんだ。「あとで電話してちょうだい。いいわね？」そうジョアンナに言うと、兄の腕を引っぱった。「さあ、帰りましょう」

J・Tは躊躇していたが、ジョアンナの顔に浮かんだ怒りと苦悩を見て、エレナといっしょに出ていった。

ジョアンナは寝室に戻り、ベッドの端に腰かけて両手に顔を埋《うず》めた。涙がこみ上げてきた。

〝ぼくとジョアンナの間に何が起きようと、真剣なものじゃない……〟

J・Tが抱きたいと言ったのは、本当に愛してくれているからだと思ったのがばかだった。やはり母の言うとおりかもしれない。アナベルとベンジャミンのような愛を見つけようとしたのは愚かな幻想だ。

ジョアンナは指にはめている曾祖母の指輪をぐるぐるまわした。ときどき、古い日記と指輪の入っていた革袋なんか見つけなければよかったと思うことがある。新しい人生と本物の愛を求めてニューメキシコになど来ないほうがよかったのかもしれない。

ひとつだけ確かなのは、J・T・ブラックウッドはベンジャミン・グレイマウンテンとはまったく別の男性だということだ。だが、自分もアナベルとはまるで違っているのかもしれない。

7

J・Tはティム・ローリンズに会釈してジョアンナの小屋の玄関ポーチを上った。少しためらったあと、ドアをノックした。ジョアンナを落ち着かせるために二時間ほどひとりにしておいたが、もう待てない。

エレナとの会話を聞かせるつもりはなかった。ジョアンナの目に失望と幻滅を見たときには自分に腹がたった。しかし、あれでよかったのかもしれない。少なくとも、彼女はお互いの立場を見きわめただろう。J・Tは熱烈にジョアンナを求めている。だが、〝永遠の〟愛を期待されても、相手が違う。彼の辞書に〝愛〟という言葉は存在しない。〝永遠〟という文字もない。その日その時を生きているのだ。

ジョアンナはドアを開け、J・Tをひと目見て閉めようとした。彼は玄関に片足を突っこみ、ドアのへりをつかんだ。

「入れてくれるかい?」

ジョアンナはじろっと彼の手を、次に足を見た。「だめとは言えないようね」

「きみがいやなら無理強いはしないよ」

「入って」彼女は背筋をまっすぐ伸ばして居間に戻っていった。

あとに続いたJ・Tは、エレナの肖像画をのせてあるイーゼルの前で立ち止まった。

「妹の自然な美しさをよくとらえているな」

「今日はあまりはかどらなかったわ。あと二時間もあれば仕上げられたのに。エレナはこれをアレックスの誕生日にプレゼントするつもりなの」

「ほう、彼にはきっと宝物になるだろう」

「そうね」

J・Tは描《か》きかけの肖像画を見つめた。「エレナは母によく似ている。ぼくの子ども時代の記憶にある母に。何年もたって再会したときは、老いて死にかけていたが」

「あなたとエレナも似たところがあるわ。やはり兄妹《きょうだい》ね」ジョアンナは肖像画におおいをかけた。

「はじめて会ったとき、エレナは十五歳だった。それまでは妹がいることさえ知らなかったんだ。母が危篤だと知らせてきたのは向こうの親戚《しんせき》だった」J・Tは居間を歩きまわった。

炉棚の上に掛かっているアナベル・ボーモントの肖像画をちらりと見て、自分の持っているベンジャミンの絵もジョアンナに見せるべきだろうか、と考えた。彼の絵を描いたアナベルには芸術的才能があったにちがいない。ふと、暖炉の中で燃えている小さな炎に気づいた。

「こんなに暑いのに火をおこしたのか？」

「ごみを燃やしたかったの」ジョアンナは革のソファに座った。「ここには何か用があって来たの？」

J・Tは燃えている〝ごみ〟をまじまじと見て、息が詰まった。半分ほど彼の絵で占められていたスケッチブックだ。くそっ、ぼくは彼女にきらわれている。

「きみは、お母さんの希望どおり、バージニアに戻ったほうがいいかもしれない」

彼女は振り向き、不満そうに彼を見た。「なぜ？」

「ぼくとかかわらないほうがいいからだ。ぼくたちはどうせうまくいかない。望んでいるものが違うんだ」

「あら、そう。バージニアで別のボディガードを雇えば、あなたのことでわたしが後悔しないですむ、と言いたいのね」

「違う」J・Tはソファの向かいの格子柄の椅子に座った。「ぼくたちふたりのためだ。ぼくはきみの与えたくないものを求めていて、きみはぼくが持っていないものを求めている。単純な話だよ」

「それほど単純じゃないわ」

「バージニアに戻るつもりなら、明日にでもサイモン・ロークを呼んで、きみの家まで送らせよう」

「サイモン・ローク？」

「うちの会社に数年前から勤めている男だ。最高に腕はいい。彼といっしょなら安全だ」

J・Tは微笑《ほほえ》んだが、嬉《うれ》しそうではなかった。「それに、きみのお母さんも喜ぶだろう。サイモンは正真正銘のスコットランド系アイルランド人だ。不純な血は混じっていない。両親は南部の貧しい農民だがね。それじゃ失格か？」

「花婿候補としてはね。でも、ボディガードとしてなら母は満足でしょう」

「じゃあ、彼に電話して、いちばん早い飛行機を――」

「その手配は無用よ。わたしはどこにも行きません。このブラックウッド牧場にとどまって、必要なかぎりわたしのそばで警護してくれるというあなたの約束を守ってもらいます」彼女はかすかに笑みを浮かべた。緑色の目が勝ち誇ったように輝いている。

「お母さんは喜ばないだろう」

「かまわないわ。ただ、あなたとエレナとアレックスが母の訪問に耐えなくてはならないのは気の毒ね。うわべはすてきな南部レディだけど、母の体には生まれつき政治家の血が流れているの。我を通すために必要と思えば、なんでも臆面《おくめん》なくやるわ」

「ぼくを中傷するかもしれないというわけか」

「あなたのことは心配していないわ」ジョアンナは立ち上がった。「打たれ強い人ですもの。心配なのはエレナよ。彼女はとてもお兄さん思いだから、中傷されたら、すぐに食ってかかるかもしれない」ジョアンナは玄関に向かった。「もうこれで話は終わったでしょう？」

J・Tも立ち上がった。「何をあせっているんだ？」からかうような口調で言った。「追い出される前に、もうひとつききたいことがある」

彼女は肩をすくめてうなずいた。「ひとつだけよ」

J・Tは暖炉の中で灰になろうとしているものを横目で見た。「なぜスケッチブックを燃やした？」

ジョアンナは体をこわばらせた。とがめるような彼の視線に耐えられなかった。どうして正直に答えられるだろう？　ふたりの間に何が起きようと真剣なものではないとJ・Tが言うのを聞いて、彼女は深く傷ついた。どれほど傷ついたかを知られたくなかったのに、彼はもう気づいている。炎の中のスケッチブックが彼女の怒りを証明している。

「お互いの立場はきちんと理解しているわ。わたしたちは曾祖母《そうそぼ》たちとは違う。未来にすばらしい愛はない。あなたは真剣な関係を望んでいないし、わたしはあなたに警護をお願いしただけ」

「手きびしいな。妥協は許さないというわけか？」

「そうよ」

「これからは二十四時間、家の外に見張りを立たせることにしよう。ぼくもときどき様子を見に来るよ」J・Tはしばらく待ったが、彼女が何も言わないので玄関のドアを開け、ポーチに足を踏み出した。

ジョアンナがドアを閉めかけたとき、電話が鳴った。彼女は部屋に駆け戻り、受話器を取った。J・Tは戸口で成り行きを見ていた。

「もしもし」彼女は言った。

「やあ、ジョアンナ」

「どなたですか?」

「おれの声がわからないのかい、ベビードール?」

「え……ええ」

だが、わかっていた。南部人特有のものうげな話し方、女性のように甘ったるい声、それに〝ベビードール〟というなれなれしい呼び方。

「クレアとリビーには連絡したよ。そのうち会いに行くと言っておいた。おまえがそれを知ってやきもちを焼くといけないと思ってね」

J・Tは中に戻り、ゆっくりドアを閉めた。ジョアンナは真っ青な顔で受話器を握りしめている。

ジョアンナが振り向いた。J・Tは声を出さずに口だけ動かした。〝プロットか？〟

彼女はうなずいた。J・Tは小声で悪態をついた。

「どうした、ベビードール？」レニー・プロットがきいた。「まさか、おれが電話したから驚いたわけじゃないよな。遅かれ早かれ、おれが昔なじみを全員見つけ出すのはわかっていたはずだ。哀れなメロディがどうなったかはジョージ警部補から聞いただろう」

「彼女の首を絞めたのね」

「聞いたのはそれだけかな？」レニー・プロットは甲高い声で笑った――忘れもしない、悪魔のような笑い声だ。「首を絞める前におれがしたことも知っているんだろう、ジョアンナ？」

プロットは逆探知できるほど長話はしないだろう。プロットについて調べた結果、彼は正気ではないかもしれないが、ばかではないことをJ・Tは知っていた。

「そのうち会いに行くよ。だが、いつかはわからない。次にだれのところに行くかもわからない。ミズーリか、テキサスか、ニューメキシコか。地図にダーツでも投げて決めるかな」

「ここに来たら後悔するわよ」ジョアンナは言った。「殺してやる。二度とわたしに触れさせないわ」

「威勢がいいな。そうそう、言っておくが、おれを見てもわからないだろうよ。顔を変えたのでね」

電話は切れた。ジョアンナは受話器を戻した。J・Tが肩をつかんだ。

「なんと言ってた?」

「見てもわからないぐらい顔を変えたそうよ。それに三人――クレアとリビーとわたしの居場所を知っていて、次はだれのところに行くかわからないと」

「きみの恐怖心をあおるために言ったんだよ、ジョー。人を怖がらせて楽しんでいるんだ」

「ジョージ警部補にこの電話のことを伝えるわ」

「ぼくが母屋から電話する」J・Tは彼女を励ますように腕をさすった。「戻ってくるまでひとりでここにいられるかい?」

「ティム・ローリンズが見張ってくれているし、わたしは銃を持っているわ。わざわざ戻ってもらう必要はないわよ」

「そうじゃないんだ、ハニー。ぼくはここに移ってくる。たった今から、二十四時間体制できみの専属ボディガードをする」

「やめて!」彼女は身を引いた。「必要ないわ」

「言い争っている場合じゃない。選択の余地はないんだ。レニー・プロットが逮捕されるまで、ぼくはきみに張りついている。わかったな?」

すなんて。

ジョアンナはしぶしぶうなずいた。ああ、どうしてこんなことになったのだろう？　プロットに命をねらわれている。そのうえ、J・T・ブラックウッドと同じ屋根の下で暮らすなんて。

ジョアンナはバスルームの隅に置かれたひげ剃《そ》り用具を見つめた。男性とバスルームを共有するのははじめてだ。トッドと婚約していたころでさえ、いっしょに住んだことはない。J・Tと隣り合わせの部屋で眠るのは親密すぎる気がした。しかし、出ていってもらうつもりはない。生命の危険にさらされている今、J・Tは頼みの綱なのだ。

革の洗面用具入れから目をそらし、クレンジングクリームを取って顔に塗りながら鏡を見た。緑色の目があざ笑うように見つめ返している。ばかね。この体はJ・Tを求め、心は彼の愛がほしいと叫んでいる。でも、ふたりとも相手を間違えているのよ。わたしは永遠を、彼は瞬間を求めている。わたしは愛を信じているけれど、彼は信じていない。

ジョアンナは顔のクリームをふき取り、壁にかかっているシルクのローブを取った。早く寝てしまおうかと思ったが、やめた。いつもどおりに生活しないと頭がどうにかなりそうだ。J・Tを避けるのではなく、彼がいることに慣れればいいのだ。

もう一度ひげ剃り用具をちらりと見てから、バスルームを出た。

居間の暖炉の前でJ・Tがアナベルの肖像画を見上げていた。ジョアンナはどきっとした。彼はブーツと靴下を脱いでいて、裸足《はだし》だった。シャツのボタンをはずしてだらしなくはおっている。彼が振り返ってこちらを見る前に一瞬、ジョアンナは本当のJ・T・ブラックウッドを見たような気がした。憂いに満ちた暗い表情だが、どこか繊細さを感じさせ、必死で愛を求めている。

「見せたいものがあるんだ。きみにあげてもいい」J・Tは格子柄の椅子に手を伸ばし、端のすり切れた黄ばんだ紙を取って差し出した。

ジョアンナは受け取り、息をのんだ。ハンサムなナバホの男性を描いた力強いスケッチだ。ずいぶん昔に描かれたものにちがいない。七十年以上前に？

「ベンジャミン・グレイマウンテンね？」彼はどんな顔だちだったのだろうと、ジョアンナはかねがね思っていた。アナベルの日記にあったとおり、ハンサムだ。

「ああ」

「どこでこれを……？」

「母にもらったんだ。死ぬ直前に……」J・Tは一瞬言葉を詰まらせた。「指輪といっしょに。指輪と絵は一対だと言われたよ」

「アナベルが描いたのね。でも、持って帰れなかったんだわ。バージニアで毎日眺めたかったでしょうに」

「どうしてそういう発想になるんだ？　おそらく彼女には、ニューメキシコを去れば不要になるとわかっていたのさ。ひと夏の情事を忘れ去りたかったんだろう」

「それは違うわ」ベンジャミンの絵にはJ・Tに似たところがある。目と頬骨と厚い唇が同じだ。「アナベルはベンジャミンを数枚スケッチしたと日記に書いているわ。そのうちの一枚……」ジョアンナは大切な肖像画を見た。「これを記念に彼にあげて、それ以外はバージニアに発《た》つ前に破り捨てたの。彼の姿は永遠に心に刻みこまれていると言って」

J・Tが小声で悪態をついた。ジョアンナは振り返ってにらむと、ポーチに面した窓際まで行き、ワークデスクの上にうやうやしくスケッチを置いた。

「きみの話からすると、曾《ひい》おばあさんは大変なロマンチストだな」J・Tはジーンズのベルトに親指を引っかけて、てのひらを尻に当てた。

「あの日記は実家の屋根裏部屋で見つけたの。古いトランクに入っていたのよ。わたしは何か心を満たしてくれるものを探していたの。あんな事件があって……。ともかく、たちまち曾祖母の悲劇的な恋に興味を引かれたわ」

「何がそんなに悲劇的かわからないね」J・Tが足音を忍ばせて近寄ってきた。

ジョアンナはすぐ後ろに彼の気配を感じた。彼女が振り向いて反論するのを待っているのだろう。ジョアンナは背中を向けたまま、スケッチのへりを指でなぞった。

「もしもあなたの言うように、ふたりが深く愛し合っていなかったなら、少しも悲劇的ではないでしょうね。でも、ちょっと想像してほしいの。もしもわたしのほうが正しかったら——本当に愛し合っている人と一生のうちの二カ月しかともに過ごせなかったとしたら、どんなふうに感じるかしら」

J・Tには想像できなかった。人を愛したことはないし、愛などという無意味なものを信じてもいない。ジョアンナがこれほどロマンチストでなければ、もっとうまくつき合えたかもしれないが。

「どうやら意見は合いそうもないな」J・Tは言った。ジョアンナを抱き寄せ、肩からそっとローブを脱がせてしまいたい。彼女の肩はとてもきれいだった。透きとおるほど白く柔らかな肌に、頬や鼻柱にあるのと同じような淡いそばかすが点々と見える。

「あなたもアナベルの日記を読めば、気持ちが変わるかもしれないわ」ジョアンナは頭の上に温かい息を感じた。振り向いたら、抱きしめてくれるかしら？　ゆっくり体をまわしてJ・Tと向き合った。「読みたいと思わない？」

「思わないね。きみもそんなものは引き出しにしまって忘れるといい」J・Tは彼女に触れた。ためらいがちに。優しく。それから両手を取って胸のあたりまで持ち上げた。「ぼくはきみがほしい。きみもぼくを求めている。それはまぎれもない事実だ。喜びを与え合えるのに我慢しているとしたら、そのほうが間違っていると思う」

J・Tはしっかりと彼女の手を握りしめた。おそろいの古い銀の指輪がスタンドの光にぼんやりと輝いている。ジョアンナの心が揺れた。でも、ふたりの恋が終わったら、何が残るかしら？　思い出よ、と胸の中でささやく声がした。でも、それはくすんでいるだろう。アナベルの思い出のように輝くことはない。愛が重要なのだ。アナベルにとっても、わたしにとっても。

「わたしと取り引きしない？」こんな提案をするだけでもどうかしていると思いながら、ジョアンナは言った。

「どんな？」Ｊ・Ｔは彼女の指先の一本一本にキスしていった。

ジョアンナは身を震わせた。「あなたは真剣でも永遠でもない恋に関心を持っている。ボディガードを務めながらわたしのセックス・パートナーになって、任務が終わったら別々の道を行けばいいと思っている。お互いに後悔も非難もせずにね」

「何が言いたいんだ？」

「わたしはあなたが何を求めているか知りたいの。わたしたちに共通点があるのかないのか見きわめたいのよ」ジョアンナにはわかっていた。Ｊ・Ｔに恋をしたのだ。なんてばかなことをしてしまったのだろう？　優しくて理解があって生涯をともにすることに関心を持っている男性を求めていたのに、Ｊ・Ｔは彼女のほしいものを何も与えてはくれない——彼自身を除いて。でもそれこそ、ジョアンナがいちばん欲しているものなのだ。たとえ一週間しかいっしょに過ごせないとしても。

Ｊ・Ｔは首をかしげてにやりとした。「何を企《たくら》んでいるんだ、ハニー？」

「アナベルの日記を読んでほしいの」

「なんだって？」彼はさっと手を離した。火傷《やけど》でもしたかのように。

「読んでくれたら、あなたの誘いにのるかもしれないわ」

「本気だな」彼は心の底から笑った。「どうやら本気らしいな」

「わたしの条件は高すぎる？」

「日記を持っておいで！」Ｊ・Ｔは彼女を引き寄せ、顔を近づけてささやいた。「そんなチャンスがもらえるなら、百回でも読むさ」

ジョアンナはそっと離れて、一歩下がった。その拍子にエレナの絵がのっているイーゼルに腰をぶつけ、あわててイーゼルを押さえた。

「今夜はやめましょう。今日はいろいろなことがありすぎたわ。プロットに居場所を知られたことがわかった。あなたがここへ移ってきた。それに、明日は母が来て、いろいろ指図するはずよ」ジョアンナはうめいた。「ねえ、Ｊ・Ｔ、わたしは悪魔と取り引きしようとしているのかしら？　自分の気持ちがわからないの。あなたを信用できない。少なくとも……」〝愛〟について、と言いそうになった。「体の関係を持ってもいいのかどうか」

「きみはお母さんにうまく対処すればいい。プロットのことはぼくが手を打つ。警護に関しては信用しているだろう？」

「あなたを全面的に信用したいの。約束は守ってくれる人だろうと思うわ。でもこの先、自分がまた心から男性を信じられるかどうかわからない。レイプされ、トッドにも見捨てられたから」

「ぼくはきみに信じることを教えてやれる男になりたい。それに、ぼくは悪魔ではない。ただの男だ。きみを守る。そう約束しただろう」

　わたしはあなたに愛を教えられる女になりたい、とジョアンナは思ったが、口にはしなかった。「ほかにも約束してほしいことがあるの」

「なんだい？」

「どうか、あなたのお母さんの親戚に心を開いて。エレナの話では、ナバホについてあなたはほとんど何も知らないそうね」

「それがどうした？　アナベルの日記を読めと言ったり、ネイティブ・アメリカンとつき合えと言ったり。このぼくを変えたいわけだな、ジョー。今のままでは好きじゃないんだな」

「好きかどうかわからないの」ジョアンナは認めた。「少なくとも、表向きのＪ・Ｔ・ブラックウッドは好きじゃないわ。本当のＪ・Ｔ・ブラックウッドを知りたいのよ」

「ばかな。きみは今見ているじゃないか」

「体はね。わたしが知りたいのは心よ。あなたはみんなに心を閉ざしている。おそらく自分自身にも」

「日記は読もう」J・Tは大股で居間を横切った。廊下に出ると、立ち止まって振り向いた。「それに、きみの気がすむなら、エレナにナバホのあれこれを教わってもいい。しかし言っておくが、そんなことでぼくは変わらないぞ」

「そうね。でも、変わるかもしれないわ」ジョアンナは言った。けれど、心の中ではJ・Tの力になりたいと思っていた。命がけで彼女を警護している間に、世をすねたような仮面の下にある本当の自分を見つけられるように——愛を与えたり受け入れたりできる男になるように。

8

トリニダッドに来て一週間が過ぎた。アーネストは暑さに閉口しているようだが、機嫌はとてもよい。昨日発見したのは先史の遺物ではなかったけれど、彼は十分満足していた。スペイン製と思われる鉄器、銅器、ガラス器、土器を見つけたからだ。こうした品々を発見できるのは、アーネストの話では、十七世紀末にプエブロ族がスペイン人に対して反乱を起こしたあと、ナバホ族とともにこの土地に逃れてきた結果であるらしい。

息子たちはいたって元気で、年齢相応に走ったり、笑ったり、遊んだりしている。八歳と十二歳でひどく手がかかるけれど、かわいい息子たちはわたしの生きがいになっている。

今日はとても興味深い男性に会った。ナバホ族の銀細工師で、信じられないほどハンサムだ。アパルーサ種の大きな雄馬に乗ってキャンプにやってきた。その姿は威厳にあふれていた。

名前はベンジャミン・グレイマウンテン。父親は部族会議の議員をしている。服装は白人と同じだが、肩の下まで伸ばした黒髪をオールバックにしてバンダナで結んでいた。まだ若い――たぶん、わたしより十歳は若いだろう。

　こんなことを認めるのはわれながら愚かだと思うが、彼を見た瞬間、遠くで太鼓の音が聞こえたような気がした。見つめ返されると、とても不思議な感情がわいてきた。なんだか自分が怖い。もちろんその感情は抑えなければならない。

　ベンジャミンは父親に言われてやってきた。わたしたちが遠出をしたくなったら案内役がいるからだ。先住民の中には、彼らの遺産を探して掘り起こしている考古学者をよく思わない人々もいるので、争いを避けたいという父親の配慮らしい。

　これから二カ月半、この若者とどんなふうに会えばいいのだろう。わたしは三十四歳で、夫も子どももいる。自分の立場を忘れてはならない。でも、食い入るようにわたしを見つめていた黒い瞳を思い出すと、彼も衝撃を感じていたと思えてならない。


「ジョアンナのお母さんが着いたわよ」エレナが廊下から声をかけた。「迎えに行かないの？」

　J・Tは日記を閉じた。みぞおちのあたりに妙な不快感が残った。ジョアンナがこの日記に夢中になるはずだ。アナベルは実に魅力的に自分を語っている。彼女がひと目でベンジャミンに男を感じ、その気持ちと闘おうとしていたのは明らかだ。

　エレナは書斎のドア枠の左右に手をついて身を乗り出し、J・Tをにらんだ。「ねえ、行かないの？　お母さんにはいい印象を与えたいんでしょう？」

「すぐに行く。適当にやっててくれ」

「ジョアンナを支えてあげて。居間で行ったり来たりしながら待っているわ。本当はお母さんに来てほしくなかったのよ。家にいたときは頭が上がらなかったらしいわ。人を操る名人なんだって」

「今まで訪ねてきたことはあるのか？」

「いいえ、一度も」エレナは兄の書斎——かつては祖父のジョン・トーマスの書斎だった部屋に入った。J・Tはそこに新たにコンピューターなどを入れている。「でも、今までは危険がなかったからよ。お母さんはさぞ心配なんだと思うわ」

「たぶんそうだろう」彼はオーク製の大きな机の端に腰かけた。「だが、リッチモンドに戻っても安全とは言えない。少なくともプロットからは」

「どういう意味？」

「ミセス・ボーモントがぼくとジョアンナの仲をどう見ているか知らないが、どのみち気に入らないはずだ。訪ねてきたのも、プロットの脱獄より娘の人生にぼくが現れたことを心配したからだろう」

「本当のところ、兄さんとジョアンナはどうなの？　ふたりが結ばれたらどんなにいいかとわたしは思っているのに……まるで水と油みたい」

「興味があるなら、彼女にきいてみたらどうだ?」

「きいたわよ。彼女、兄さんはボディガードだって。それ以上かどうかはJ・Tにきいてと言われたわ」

J・Tは大声で笑った。エレナはきょとんとした。

「ジョアンナとは恋人じゃないよ。今のところは。お節介な妹のききたいことがそういう意味ならね」J・Tは立ち上がった。顔がまだほころんでいる。

「彼女を傷つけないでね」エレナは兄の腕に自分の腕をからませた。「特別な女性なんだから」

「ああ。どれほど特別かはぼくにもわかってきた」

ふたりは廊下に出た。玄関のほうから声が聞こえ、立ち止まった。

「わたしもジョアンナと同じぐらい神経質になっているわ。お母さんに気に入られたいの。今夜はとびきりの夕食にするつもりよ」

「そうか。では、女王蜂《ばち》に会いに行こう」J・Tは妹のために、ミセス・ボーモントが彼の予想に反して〝少々偏見を持っている〟ようなそぶりを見せないでくれることを願っていた。

居間に入ると、アレックスが飲み物を作っていた。母娘《おやこ》はソファに腰かけている。見上げたジョアンナの顔にひきつったような笑みが浮かんでいた。

「あの、母を紹介するわ」

ジョアンナは立ち上がり、足早に近づいてきたエレナに手を差し出した。母親はまず、戸口で待っていたJ・Tを見つめた。背筋を伸ばし、肩をいからせて座っている。それから、あごまでの長さの白髪まじりの髪を揺らしてエレナに振り向いた。仕立てのよい赤いスーツを完璧《かんぺき》に着こなしている姿は、見るからに裕福な、成功した女性だ。

「ママ、こちらがエレナよ」

年配の女性はエレナと握手した。「お会いできて嬉《うれ》しいわ。あなたとご主人のアレックスのことはうかがっています。この未開の土地で娘にもやっとお友だちができたと聞いたときは、本当に嬉しかったわ。正直なところ、ずっとこちらにいるとは思わなかったの。ジョアンナは都会っ子ですから」

「ええ、わたしたちがカントリーガールに変えてしまいました」エレナは優しく微笑《ほほえ》みながら言った。「ジョアンナが住人になってくれて、みんな喜んでいるんですよ。アレックスと同じで、この土地に創造力を刺激されるんでしょう」

「そのようね」ヘレン・ボーモントは言った。「娘が成功してくれて、わたしも鼻が高いわ。もちろん、これだけの才能があれば、どこでも成功したでしょうけれど」

裏口のドアが乱暴に閉まる音がした。J・Tは廊下に目をやった。様子を確かめに行こうとすると、アレックスが呼び止めた。

「ウィリーがミセス・ボーモントの荷物を運んできたんだ」

「置き場所は言ってある?」エレナがきいた。

「わたしはここに泊まるの?」ヘレンは娘に振り向いた。「あなたの家には寝室がふたつあるでしょう」

「ここのほうが快適ですよ」エレナが言った。「部屋は余っているし、朝食をベッドで召し上がることもできますよ」

「なぜあなたの家に泊まれないの?」ヘレンはとがったあごを上げてジョアンナをにらんだ。

「今は都合が悪いの。部屋が空いていないのよ」

「納得できないわね。あなたのそばにいるために仕事の時間を割いて来たのよ、ジョアンナ」ヘレンは笑みを浮かべてエレナとアレックスを見た。「泊めてくださるというグレゴリーご夫妻のお申し出はありがたいけれど、わたしはあなたといたいわ」

「無理よ、ママ。わたしの家だと、ソファで眠らなくてはならないわ」

「どうしてソファなの?」

J・Tは居間に入っていった。「ぼくがジョアンナといっしょに寝てもいいなら、その必要はありませんよ」

ジョアンナは深呼吸した。エレナはぎょっとした。アレックスは口を押さえて笑いをこらえた。

「J・Tはうちの客用寝室を使っているの」ジョアンナは言った。「ゆうべ、プロットから電話があったあとに来てくれたのよ。あの男がまた刑務所に入るまで、二十四時間体制で警護してくれるの」

「わかりました」ヘレンはJ・Tをにらみ、すぐに娘に視線を戻した。「この場所を知られてしまったのなら、もうあなたにはバージニアに帰らない理由はないわね」

「そのことはあとで話しましょう」母といるときは一歩も引かない覚悟でいなければ負けてしまうとジョアンナにはわかっていた。ヘレンはなんでも思いどおりにしたがる。周囲の人に采配《さいはい》をふるっているときがいちばん幸せなのだ。

「そうね」ヘレンは言った。

「さあ、どうぞ」アレックスが頼まれていたウォッカ・コリンズを手渡した。

「ありがとう」ヘレンは少し飲んでから満足そうに微笑んだ。「おいしいわ、とても」

「ママ、わたしも夕食はこちらでいただくわ」ジョアンナは言った。「エレナがママのためにごちそうを用意してくれているのよ」

「まあ、嬉しい」ヘレンは選挙用の笑顔を取り戻した。くすんだグレーの瞳が輝き、きつい表情は和らいでいる。彼女はもうひと口飲んで立ち上がった。「飛行機に乗って、疲れたわ。お部屋に案内してくれるかしら、ジョアンナ。休ませていただく間、あなたもそばにいてくれるわよね？」

ジョアンナは顔をしかめた。これから始まる母親との闘いを思うと不安になる。手ごわいボーモント上院議員に勝ったのは、四年前にニューメキシコに来ようと決めたときの一度きりだ。

「夕食は六時にしましょう」エレナは言った。「お昼寝の時間はたっぷりありますよ」

ヘレンは上品な笑みを浮かべて全員を見まわした。J・Tにさえ微笑んだ。片腕をジョアンナの腕にからませ、もう一方の手にはウォッカ・コリンズのグラスを持っている。

「では六時に」

ジョアンナはわかってほしいと言うようにエレナを見た。ヘレンが娘の腕を引っぱった。

「しばらく母といるわ」ジョアンナはJ・Tの前を通るときに言った。「外には出ません」

「ぼくも近くにいよう」J・Tは彼女を見つめ、母親とは目を合わせなかった。

ふたりが居間を出たとたん、アレックスはため息をついた。「やれやれ、たいした母親だ！ジョアンナが家に帰りたがらないのも無理はないね」

「それは言いすぎよ」エレナが言った。

「そうでもないさ」J・Tは腕組みをした。「あの母親は娘を支えるどころか、問題を起こしに来ている。ジョアンナの気持ちなどおかまいなしだ。ぼくをきらっているのも間違いない」

エレナは苦笑した。「兄さんがジョアンナと寝るなんて言うからよ」

「ぼくは金持ちだ。成功もしている。彼女を守るための訓練も受けている。なのに、なぜ敵視するんだ?」

エレナの笑みが消えた。「ナバホの血のせいで偏見を持たれていると思っているのね」

「きみはどうなんだい?」アレックスは妻の肩にそっと腕をまわした。「ごちそうなんか用意しなければよかったと思っているんじゃないか?」

「まあ、なんといっても、あの人はジョアンナのお母さんよ。わたしは親友のために親切にするつもりでいるの」エレナはアレックスに寄り添った。

「ごちそうができたら知らせてくれ。書斎にいるから」J・Tは言った。


ヘレンはシルクの部屋着のひもをしめてベッドの端に座り、両腕を広げた。「抱かせてちょうだい」

ジョアンナは従った。彼女は母を愛している――美しく輝いている母親を。でも、ときどきひどくきらいになる。ヘレンは〝完璧な〟妻であり母であり、つねに最善と思うことをしてきた。しかし、その〝完璧さ〟のどこまでが本当の愛情なのか、ジョアンナはときどき疑問に思ってしまう。ヘレンにとって重要なのは世間の目で、自分や家族をいかに立派に見せるかに人生を費やしてきたのだ。

ヘレンはジョアンナを抱いてから、ベッドの上を叩《たた》いた。「昔のようにおしゃべりしましょう」

ジョアンナはため息をつき、しぶしぶ母親の右側に座った。「同じ議論をくり返すのは時間の無駄よ。わたしはニューメキシコに残るわ。今はここがわたしの家ですもの」

「でも、プロットに知られたのよ」

「どこにいようと見つかるのはママもわかっているくせに。お金があれば情報はいくらでも買えるわ。見つからない場所なんて、どこにもないのよ」

「どういう意味?」ヘレンは両手で娘の手を包んだ。

「遅かれ早かれ、わたしはレニー・プロットに会うことになるわ。でも、そうなってもJ・Tがそばにいる。彼がいないと、安心できないの」

「あの人はただのボディガードよ。それで安心できるなら、わたしが何人でも雇ってあげるわ」

「ほかの人はいらないわ。J・Tにいてほしいの」

「いったいどんな仲なの? あの人はなぜか、自分しかあなたを守れないと思いこませたようね」

ジョアンナは立ち上がり、窓辺に行ってはるか遠くの地平線を見つめた。「結局はそれが言いたかったのね? ここに来たのは、わたしをプロットから守るためじゃない。J・

Tから遠ざけるためでしょう?」

「わたしの目は節穴ではありませんよ。彼が女性にもてる理由がよくわかったわ。でも、あなたにふさわしい人だとは思えないの」

「ママは何をそんなに恐れているの?」

「恐れているのはあなたでしょう。わたしの知るかぎり、あの事件以来、あなたには恋人がいなかった。J・T・ブラックウッドを最初の恋人にしたいと本心から思っているの?　彼の素性を調べたわ。婚外子であることや母親がナバホ族なのは別にしても、いつも荒っぽい仕事をしてきたのね。まず海兵隊、それからシークレット・サービス、六年前からは民間のボディガード。実際は殺し屋みたいなものね。そういう男がベッドの中では優しいと思う?」

「わたしの恋愛はママには関係ないわ」ジョアンナは背を向けたまま言った。「ママは、わたしの恋人はもっと穏やかな人がいいと本気で思っているんでしょうけど、お互いに正直にならない?　ママはわたしがJ・Tと結婚したら困るのよ。お友だちに話せないものね?　そう、人種平等を口にするのは簡単だけど、娘の相手は純粋な白人じゃないといやなのよ」

　ヘレンはこぶしを握って立ち上がった。「あのくだらない日記のせいね?　もっと前に焼いてしまうんだったわ。野蛮な男と浮気した話なんて」

「意見が合いそうにないわね」ジョアンナはため息をついて母を見た。「ママはもうわたしの人生に責任はないわ。どこに住むかは自分で決めます。だれを愛し、だれと結婚するかも」

「プロポーズされたの？」

「いいえ、まだよ。でも近いうちに、わたしがプロポーズするかもしれないわ」

「家を出てから何があったの？　あなたはいつも素直ないい子だった。すばらしい婚約者がいて、立派な仕事と明るい未来があったのに」

「すべてママの希望どおりにね。ママはわたしの人生のレールを敷いていた。でも、暴力で犯されたのは予定外だったのよね？」

「あの出来事を変えられるなら、わたしはどんなことでもするわ」ヘレンの目に涙があふれた。

ジョアンナは母を抱きしめた。「わかっているわ。でも、変えられないのよ。わたしはもう違う人間よ。強くなったの。ママのかわいい娘には戻れないわ」

「それでもあなたのためを思っているわ」ヘレンは両手で娘の顔を包んだ。「J・T・ブラックウッドは絶対にふさわしくない男性よ」

「それもわたしが決めるわ。もし傷ついても、自分を責めるだけよ」

夕食は永遠に終わらないような気がした。ジョアンナは、母親が大勢の人の中で采配をふるったり注目を集めたりするのを見るのがどんな気分か、忘れていたのだ。エレナといっしょに後片づけをしながらも、母が失礼なことを言いませんように、態度に出しませんように、と祈らずにいられなかった。

ジョアンナは食器洗い機に皿を入れ、エレナは鍋《なべ》やフライパンを洗っていた。

「お母さんは夕食に満足なさったようね」エレナは水切りラックに銅鍋を置いた。「スパイシー・チキンが気に入ったみたい。自家製アイスクリームもほめてくださったわ」

「あなたのお料理に満足しない人はいないわ。もし今日の夕食が台なしになるとしたら、原因はわたしかJ・Tね。彼はほとんどしゃべらなかったもの」

「お母さんに好かれていないと思っているのよ」

「母は彼のことを知らないわ」ジョアンナは汚れたグラスを食器洗い機のいちばん上にのせた。「でも、わたしも実はわかっていないのかもしれない。まるでふたりの別の男性に思えるときがあるの」

「兄には確かにふたつの顔があるわね。ひょっとすると三つかもしれない。ひとつは亡きジョン・トーマス・ブラックウッドに作られた男性、もうひとつはナバホ族の彼、そして三つ目は、これが本人の望んでいる姿だと思うけど、ほかの三分の二の自分と折り合っていける人間よ」

「だれでもいくつもの顔を持っているわ」ジョアンナは食器洗い機のドアを閉めてスイッチを入れた。「わたしの中にも母の理想だった立派な娘と、トリニダッドに来てから生まれた自立した女がいる。でも、うずくまっている自分もいるの。レニー・プロットとトッドのせいよ。いくら努力しても、五年前の恐怖や不信感を完全に消すことはできないわ」

「それがどんなものか、わたしには想像するしかないけれど、プロットが刑務所に戻ったとしても、あなた自身が心の闇《やみ》を追い払わないかぎり、あの男から自由になれないのよ」

ジョアンナは手をふき、タオルをエレナに渡した。「もう追い払ったつもりだったわ。脱獄の話を聞いて、無理やり過去と向き合わされるまではね。わたしにも男性を愛する気持ちは十分にあるわ。でも、身も心も投げ出せるほどには信頼できないの」

エレナはカウンターにタオルを置き、ジョアンナを抱いた。「さあ、お母さんとJ・Tが戦いを始めていないか見に行きましょう」

ジョアンナはうつろに笑った。廊下を歩いていくと、母の声が聞こえた。ジョアンナはエレナを壁際に引き寄せ、しいっとばかりに唇に指を立てた。

「ジョアンナは本当に感受性の鋭い娘でした」ヘレンが言った。「争いがきらいで、わたしがたまに夫と口論しただけでも泣いていました」

「その感受性は彼女の仕事に役立っていますよ」アレックスが言った。「われわれ芸術家はみなそうです。物事をより深く感じてこそ、作品に魂を吹きこめるんです」

「そうね」ヘレンは咳払《せきばら》いした。「でも、人によっては、感じやすいために傷つくこともありますわ」

ジョアンナは歯を食いしばった。ママは何をしようというの？　何げない会話にまぎらして相手を攻めるのが母のいつものやり方だ。

「ジョーの話をしているんじゃないでしょうね」J・Tがすごむように言った。

「あら、そうよ。あの子はいつも神経が細くて繊細でした。だから、プロットに襲われて自制心を失ったんです。何カ月もセラピーを受けたのに、ひとりで家を出ていくなんて」

「正常じゃないでしょうか？」アレックスが言った。「ひどい経験をした女性はさまざまな反応をするでしょう」

「ジョーは弱くない」J・Tが言った。「強い女性だ。あなたには今の彼女の姿が見えていない」

「それは違いますよ、ミスター・ブラックウッド。娘のことはあなたよりもずっとよくわかっています。あの子は今でも頼りなくて繊細だわ。四年前と同じように。もし夢の世界だと信じているこの土地に住み続けたら、きっと傷ついて失望します」

「彼女が日記に夢中なのが気がかりなんですね」J・Tはうめくように言った。「ベンジャミン・グレイマウンテンとぼくの関係も」

「ジョアンナにはきちんとした相手が必要です。あの子のように神経が細やかで、幸福な暮らしをさせてくれる男性が」ヘレンの声が大きくなり、南部人特有の気取った口調が辛辣《しんらつ》になった。「そのうちどこかの先住民とつかの間の恋をして、くだらない夢を見ていた愚かさに気づくでしょうけれど」

ジョアンナは居間に駆けこんだ。「帰って、ママ！　わたしにかまわないで」

ヘレンは顔色を失い、娘に手を差し出した。「ああ、ジョアンナ、許してね。わたしはただ、こちらに理解していただくのがいちばんだと思ったの」

「理解って、何を？　わたしが弱くて、頼りなくて、夢の世界で生きている少女だということを？」

「そんなに怒らないで」ヘレンはおずおずと歩み寄った。「あなたを傷つけたくないだけよ」

ジョアンナは後ずさった。「ママはいつものずるいやり方でJ・Tを遠ざけようとしたのよ。娘はもろいから、と脅して」

「ここでみっともない争いはやめましょう」

ジョアンナはひきつったように笑った。「ええ、みっともないわね。みんながどう思うかしら？　それこそ事件のあとでママがいちばん心配したことでしょう？　確かにわたしを哀れんで、過保護なまでに気遣ってくれたけど、わたしにはわかっていたわ！　ママは恥じていた。自分の娘がレイプ裁判のニュースで一面に載ったことも、セラピーを受けなければ立ち直れなかったことも恥ずかしかったのよ！」

ジョアンナは部屋を飛び出し、玄関から外に出た。

Ｊ・Ｔは射るようにヘレンを見つめた。「今夜じゅうに電話して、明日の朝一番のリッチモンド行きの便を予約してください。サンタフェまでは、アレックスが作業員のだれかに車で送らせるでしょう」

彼は振り返りもせずに居間を出て、書斎に入った。明かりをつけると、すぐに日記をつかんでポケットに押しこみ、廊下を走って玄関を出た。パティオでジョアンナが自分の体に腕をまわして立っていた。

「ジョアンナ」Ｊ・Ｔは大声で呼んだ。

「来ないで！」彼女は振り向いた。「ひとりにして」

「そうはいかない。ぼくはボディガードだろう？」

「ええ、プロットから守ってもらうために雇ったわ。わたしが弱くて、臆病《おくびょう》で、頼りないから——」

「ばかなことを言うな」彼はパティオに入った。「お母さんにはきみがわかっていない。彼女こそ夢の世界に住んでいるんだ。娘を操れる夢の世界に」

「母はわたしをずっと思いどおりにしてきた。わたしもそれに甘んじてきたわ」

「でも、今は違う。きみは自分で決めているだろう？」

「ねえ、J・T、なんだか滑稽《こっけい》ね？　あなたと母はまるで考え方が違うのに、ある一点ではぴったり一致している」

「なんのことだ？」

「ふたりとも、アナベルとベンジャミンの恋は単なる浮気、不幸な女の幻想にすぎないと思っている」

「ぼくは日記を読み始めたばかりだ。なんの確信も持てない」

「そんな嘘《うそ》でわたしをなだめようとしないで、ジョン・トーマス・ブラックウッド」

「だれもそんなふうには呼ばない。ぼくはJ・Tだ。ジョン・トーマスは祖父だよ」

「あなたも繊細なのね」彼女はからかった。

J・Tは彼女の両腕をつかんだ。「そうだ、場合によっては繊細になる」彼は片方の手でジョアンナのうなじを押さえた。乱暴なようで、優しかった。「ぼくはきみの繊細なところも好きだ」

「哀れみで優しくなんかしないで！」

「哀れんでなどいない」

彼のキスは、手を触れたときと同じように力強く、優しかった。ジョアンナの一瞬の抵抗も風に飛ばされる煙のように消え去った。

激しいキスが終わると、J・Tは彼女を抱きしめた。「きみがほしい。だが、お母さんに復讐《ふくしゅう》するために受け入れてもらいたくはない」

「もし受け入れるとしたら、理由はたったひとつ。あなたがほしいからだわ」

「きみの家に行こう。アナベルとベンジャミンについて、もっと話してくれ」

「わたしを励ますためなら、なんでもするつもりなのね？」ジョアンナはからかうように言った。

J・Tはほっと息をついた。彼女の笑顔を見て嬉しかった。「どんなことでもするよ」

「いいわ、あなたはシークレット・サービスについて話して。わたしも自分のことを話すわ」

「どうした？　日記について語り合うのが怖いのか？　彼らと同じ道を歩いていることに気づいて――」

彼女は人差し指を彼の唇に当てた。「言わないで」

J・Tは彼女の額にキスした。「ぼくは最初の部分を読んだよ。ふたりが出会った日の記述だ」

ジョアンナは彼の腕を逃れて後ずさった。「あの日、ワシントンにまたがっているあなたをはじめて見たとき、太鼓の音を聞いたような気がしたの」彼女はくるっと背を向け、小屋をめざして走りだした。

J・Tは追いかけ、正面ポーチでつかまえた。「きみは男をいらつかせる。なぜあんなことを言ったんだ？」

「いけない？　どうせ信じないでしょう。アナベルの聞いた音を信じないのと同じように」

「まだなんの確信も持てないと言ったはずだ」

「とにかく、中に入りましょう。あなたはシークレット・サービスについて、わたしは――」

「芸術について話してもらおう。はじめて芸術家になりたいと思ったときのことや、幼稚園でほかの子よりどれぐらい上手に絵を描《か》いていたかを」

ジョアンナは彼の手を握った。「ありがとう」

「何が？」

「母のことでわたしから逃げないでくれて」

「だれもぼくを追い払えない。きみとの約束は必ず守る。糊《のり》のように張りついているよ、ハニー」

ふたりは手をつないで家に入った。ジョアンナは何よりもこの男性を信じられるようになりたいと思いながら。そしてJ・Tは生まれてはじめて女性を――目の前にいる女性を心から愛したいと思いながら。

9

ジョアンナははっとして目を開けた。なぜ目が覚めたのか最初はわからなかったが、玄関ドアが開く音を聞いたせいだとぼんやりと思った。J・Tは起きているのかしら？　外に出たのだろうか？　ジョアンナは薄いシルクのローブをはおって居間に入った。フロアスタンドに明かりがともり、格子柄の椅子の肘掛けに本のようなものが伏せてあった。J・Tが眠れぬままに読んでいたのだ。玄関は網戸だけが閉まって、扉は開いている。ポーチの端に立って夜空を見上げているJ・Tの広い背中が影のように見えた。

肘掛けの上にあったのは日記だ。ジョアンナは手に取り、開いてあったページを読んだ。

あのような許されない罪を犯したことは恥じるべきだろう。でも、わたしが感じているのは深い喜びだ。なぜベンジャミンを愛してはいけないの？　今日ふたりの愛が成就するという予感はあった。彼はわたしを人里離れた山中の静かな洞穴に連れていった。わたしは十六年前の新婚初夜よりもずっと緊張していた。彼は優しく話して不安や迷いを消そう

としてくれた。彼の部族の言葉だったので、なんと言ったのかはわからない。でも、心で感じることができた。

ついに結ばれたときは、自分たちがこの瞬間をずっと待っていたように思えた。彼はわたし以上にわたしを知っているのかもしれない。望んでいることを本能的に感じ取れるようだ。ああ、ベンジャミン。わたしのベンジャミン。優しくて情熱的なわたしの恋人。あなたが本当の喜びを教えてくれた。

ジョアンナの目に涙がこみ上げた。彼女は日記を閉じて胸に抱きしめた。J・Tは今夜、ふたりがはじめて結ばれた日のことを読んだのだろうか？

ジョアンナは網戸を開けて外に出た。裸足《はだし》なので足音はしない。J・Tは驚かなかった。彼女がそこにいる気配を感じていたのだろう。

「起こしてしまったかな？」彼は背を向けたまま言った。

「どうかしら。ドアの音を聞いたような気もするけれど、どうせ熟睡はしていなかったから」

月の光と居間のスタンドの明かりが溶け合ってあたりを淡く照らし、ぼんやりした影を作り出している。J・Tは色あせたジーンズしか身につけていない。筋肉質の背中が磨き上げたなめし革のように見える。ジョアンナは無性に彼がほしくなった。それでいて、強烈な男っぽさや力強さが怖くもあった。

「任務中でなければ、どこかで飲んでいるところだ」彼はポーチの手すりをつかんだ。

「こんなにもきみという女性がほしくなるとは思わなかったよ」

ジョアンナは体が熱くなった。純粋に女としての喜びがわいてきた。

「日記の続きを読んだのね？」

「ああ、最初から三日分と、あとはところどころ」

「ふたりが結ばれた日までね」ジョアンナはＪ・Ｔの裸の背中に手を置いた。彼を抱きしめたかった。

Ｊ・Ｔが振り向いた。「きみとあんな取り決めをするんじゃなかった。いまいましい日記も読まなければよかった」

ジョアンナの心臓がどくどく鳴った。体がふっとよろめいた。Ｊ・Ｔが肘をつかんで支えた。彼を見上げたとたん、すべての世界が今目の前にいる男性に凝縮されているような気がした。

「胸が痛むでしょう？」ジョアンナには曾祖母《そうそぼ》の言葉が彼の心に響いたのがわかった。

「わたしも読むたびに涙が出るの。アナベルの気持ちやベンジャミンへの愛、それも絶望的な愛が切ないわ。未来のないことはふたりとも最初から知っていたんだもの」

彼女が何を期待しているのか、Ｊ・Ｔは察していた。曾祖父たちのひと夏の恋についてぼくの考えは間違っていた、きみが正しい、と言ってほしいのだ。

日記を読んでからは、彼もアナベルの深い愛情や苦悩がわかってきた。

ベンジャミンも苦しんだのだろうか？　アナベルの気持ちは言葉になって残っているが、ベンジャミンが何を考え、どう感じていたかは死とともに消えてしまった。彼もまた、記憶の中でしか会えない恋人に切ない思いをつのらせながら生涯過ごしたのだろうか？　それに、何も与えられないと知りながら女性を抱くのはどんな気持ちだったろう？　彼はナバホ族の貧しい銀細工師で、彼女はバージニアの裕福な名士夫人だ。ベンジャミンは幾晩、星を見つめて天を恨んだのだろうか？

「きみはアナベルと同じようにするつもりかい？」J・Tはジョアンナを抱き寄せた。「もしもつかの間の恋にすべてを賭《か》ける気なのか？」

「ええ」ジョアンナは彼の腰に腕をまわし、顔を胸に押しあてて静かに言った。「もしもその人を愛していればね」

「きみを傷つけないと約束するよ。今も、これからも。ぼくはきみがほしい、ジョー。ベッドに運んでいって、ひと晩じゅう優しく愛したい」

「わたしもそうしてほしいけれど……」

「きみが指示すればいい。どうしてほしいか言ってくれ。それ以外はしないから」

この約束は信用できるかしら？　J・Tは興奮してすぐにも爆発しそうに見える。今は承知させるためになんでも言うかもしれないが、激情に流されたらどうなるだろう？

「自信がないの。わたしもあなたがほしいわ。ほしくてたまらない。でも、怖いの」

「ぼくの言葉を信じてくれ」

ジョアンナは彼を見上げた。「あなたは大きくて強いから……もし、やめてと言っても聞いてくれなかったら、わたしにはどうしようもないわ」

「言われたとおりにする。約束するよ」

ジョアンナは彼の美しい体に惹《ひ》かれる気持ちを抑えて目を閉じ、深く息をついた。そして心の奥底を見つめて勇気を探し求めた――アナベルが持っていたような勇気を。

「そうだ、ジョー、それできみが安心できるなら、銃をベッドに持っていくといい！」

ジョアンナの目から涙があふれ、頬を伝い落ちた。彼女はJ・Tに微笑《ほほえ》みかけた。「撃たれる危険を冒してでもわたしがほしいの？」

ここで拒否されたら死んだほうがましだ、とJ・Tは思った。しかし彼女の承諾を得ても、ゆっくり優しく抱くのは生殺しにあうようなものだ。激しく愛し合いたい。だが、本能に任せて抱いたら彼女を怯《おび》えさせてしまう。「そう。それぐらいほしいんだ」

「じゃあ、ベッドに連れていって」

J・Tはジョアンナを抱き上げ、家に入ると、鍵《かぎ》をかけて寝室に向かった。ジョアンナはずっと彼の首にしがみついていた。J・Tは彼女をベッドに下ろし、そばに立って待った。

「次はなんと言えばいいのかしら」ジョアンナは素直に言った。「わたし……どうすればいいの？」

「どうしたい？」

「あなたに触れたいわ」

硬くなっていた体がさらに緊張した。J・Tはベッドの端に座った。「これでいいかい？」

ジョアンナは彼の腰に両手をまわし、背中に頬を当てた。「熱いのね」指をおなかから胸に這《は》わせる。

J・Tがびくっとした。ジョアンナは手を止めた。彼はそっと自分の手を重ねた。「大丈夫だ。それでいい。体じゅうに触れてほしい」

「あの……横になって、眺めさせてくれる？」

J・Tは彼女の腕をすり抜け、仰向けになると、両手を頭の下で組んだ。「こうかい？」

「きれいだわ。こんなに美しい男性を見るのははじめてよ」

J・Tはにこっと笑った。「すべてきみのものだ。好きにしてくれ」

ジョアンナはJ・Tのたくましい体を頭のてっぺんから裸足の爪先までゆっくりと眺めた。腕の筋肉が盛り上がっている。腕から腋《わき》の下へ、さらに引きしまった広い胸まで指をすべらせる。固い小さな乳首に触れると、J・Tがあえいだ。必死で声を出すまいとしている。彼の体もうずいているの？　わたしのように期待に震えているのかしら？

ジョアンナはジーンズのふくらみを――J・Tがどう感じているかを見逃さなかった。

「ジーンズを脱いでほしいんだけど」

「きみも手伝ってくれるだろう？」J・Tは彼女の手を取り、スナップとファスナーの上に置いた。

ジョアンナの手は震えていた。木の葉のように震えながらスナップをはずし、ファスナーを下げた。

J・Tは起き上がり、ジーンズを脱いで床に放《ほう》った。その動作を見ながら、ジョアンナは彼の肉体の輝くような美しさにますます魅了されていった。

「わたしも脱いだほうがいい？」

「きみがそうしたいなら」J・Tは彼女を奪いたい欲望を抑える自信がなかった。だが、抑えなければならない。気持ちを強く持つんだ。さもないと、永遠に彼女を失うことになってしまう。

ジョアンナはローブを脱いだ。大きく何度か息をして床に落とし、J・Tの隣にそっと横たわると、片脚を彼の脚にからませて胸にキスした。そして額から足まで唇で触れたり、舌を這わせたりした。

んだ。

J・Tには想像を絶する苦痛だった。ありとあらゆる神に、助けてくれ、と心の中で叫祈りが通じたように、ジョアンナが突然言った。「わたしにも触れて、J・T。お願い」

触れる？　どこをどうやって？　本当にしたいことをするにはまだ早すぎる。あせるな、落ち着け。怖がらせてはいけない。彼女に、主導権を握っているのは自分だと思わせ続けなければ。

J・Tはジョアンナを上にのせた。すでに張りつめた高まりの上で、薄い木綿の下着を通して脈動を感じさせようとした。

「ああ」ジョアンナはうめき、身をよじった。両手で彼の肩をつかんでいる。

J・Tは突き上げた。ジョアンナはまたうめいた。肩をつかんだまま、膝で彼の腰をしめつけた。

「こんなのは好きかい？」J・Tは彼女のウエストを抱き、前のめりにさせた。

ジョアンナははっとした。彼の手がゆっくり後ろにまわって、シルクのナイトガウンの上からヒップを包んだ。大きな手が優しく官能的な愛撫《あいぶ》を始めた。

「キスしたい」彼は言った。「してもいいかな？」

「ええ。お願い」

J・Tの全身の筋肉が緊張し、あらゆる神経が手負いの野獣のように吠《ほ》えた。ジョアンナを奪え！　今すぐ奪え、と体が命じている。待て、我慢しろと心が言う。葛藤《かっとう》のすえに心が勝った。J・Tは彼女の脚をゆっくり伸ばして自分の上に体をぴったり重ねた。ジョアンナは顔を寄せて彼にキスした。

J・Tの唇をなめたり軽く噛《か》んだりしたあとで、ついに彼女は舌を差し入れた。待ちかねたように彼も舌をからませ、いつしかふたりは夢中でキスをしていた。

J・Tはジョアンナのナイトガウンを慎重にめくり上げ、小さな布切れをするりと取った。シルクの下に手をすべらせて素肌をなでると、ジョアンナは唇を触れ合わせたまま震えた。

J・Tはキスをやめた。ふたりとも息が乱れている。ジョアンナは子猫がなつくように彼にしがみついた。J・Tは抱きしめた。

「きみの体にキスしたい」

ジョアンナはうなずいてから、いいわ、とささやいた。J・Tは腰にまつわりついていたナイトガウンの裾《すそ》をつかんだ。

「これを脱がせてもいいかい？」

「ええ」

ナイトガウンを頭から脱がせ、床に放り投げたあと、彼女を仰向けに寝かせた。そして顔に何度もキスをしながら、両手で豊かな胸のふくらみを包んだ。

ジョアンナの胸の先端は硬いつぼみのようになった。胸が激しくうずいた。「J・T？」

「わかっているよ、ハニー」J・Tは片方のふくらみに唇を這わせ、もう一方を愛撫した。

ジョアンナは思わずベッドから腰を浮かせた。「ああ、じらさないで。もう耐えられない」

J・Tは体を起こし、興奮でしっとりと汗ばみ、ピンク色に染まった美しい顔を見下ろした。それから形のよい豊かな胸と硬くなった胸の先端を見た。

おなかにキスすると、ジョアンナはうめいた。J・Tは唇を下に這わせ、秘められた部分の手前で止めた。「きみに触れたい……ここに」鼻をすり寄せる。

「触れて。お願い」

J・Tは優しく愛撫してから熱く湿った部分に指をすべらせた。ジョアンナはたまらず身震いしたが、すぐに腿を閉じてJ・Tの手をはさみこんだ。

「楽にして、ジョー。力を抜いて」

腿がゆるんだ。J・Tはゆっくりと脚を広げさせて、大切な部分に唇で触れた。ジョアンナは声をあげ、彼の肩をつかんですすり泣いた。ついには全身をこわばらせて激しく求めた。J・Tは最後にキスして、じらしてから、彼女の叫びを口でふさいだ。

ジョアンナは大地が揺らぐほどの喜びに震えた。今度はJ・Tが下になった。彼女を奪え――今だ。さもないと、ぼくは死んでしまう。

「きみがほしい、ジョー。我慢できない」

「わたしもよ」ジョアンナは叫んだ。体じゅうに解放感が広がっていた。

Ｊ・Ｔはジョアンナを乗せて、中に入った。彼女は数回あえぎ声をあげたあと、静かに泣きだした。

「大丈夫かい？」傷つけたのでなければいいが。

「ええ。大丈夫よ」

ジョアンナの中にいる、恋人になったのだという感覚は、まるで予想外のものだった。彼女は熱く、しっとりとしめつけてくる。まるで手のようにＪ・Ｔを優しく包みこんでいる。

「きみの好きなようにしていいよ、ハニー」

「あなたを愛したいけれど、どうしたらいいのかわからないの。今まで一度も……。だれとも……」

「婚約者とは愛し合わなかったのか？」信じられない、とＪ・Ｔは思った。プロットに襲われたとき、ジョアンナはバージンだったのか？

「ええ。トッドとは」

「じゃあ、ぼくが最初だな」

「そうね、もし……あのことがなければ――」

「ぼくが最初の男だ」彼は自分のものだと主張するようにジョアンナを貫いた。

ジョアンナは喜びの涙を流した。恥ずかしさを消し去る涙。感謝の涙。彼こそ運命の相手、人生の伴侶《はんりょ》であることを、心の底ではわかっていたのだ。

「愛し合うのは簡単だ」J・Tは言った。「ぼくたちのように、お互いに求めているなら」

「あなたがほしい。たまらなくほしいの」

「ぼくを奪うんだ、ハニー。ぼくを乗りこなせ……激しく、速く。自分がしたいことをするんだ」

女性としての本能に突き動かされて、ジョアンナは太古から変わらぬ男女の儀式を始めた。最初はゆっくりと、おそるおそるだった。しかし、気持ちが高まるにつれて、欲望を抑えられなくなった。情熱に身を任せた。J・Tは彼女の腰やヒップに手をすべらせ、胸を代わる代わる吸った。そして彼女の心をくすぐるエロティックな言葉をささやいたあと、クライマックスに達した。「アヨーイ・オーシッニ」子どものころから耳についているナバホ語だった。

ジョアンナもくり返し彼の名前をささやき、愛していると言いながら、追うようにして達した。

J・Tは汗まみれの腕でジョアンナを抱きしめた。ジョアンナは永遠にこのままでいたいと思った。心の底から幸せで、安心感に満たされていた。

J・Tは彼女の頬やあごにキスの雨を降らせてから、シーツを引っぱり上げてふたりの体をおおった。

「下りましょうか？　ひと晩じゅうあなたの体に乗っていられないもの」

「動かないでくれ」J・Tは彼女のヒップをなでた。「このまま眠ろう」

ジョアンナはほっと息をつき、彼の胸に唇を触れた。「あれはなんと言ったの？　さっき……あのとき……不思議な言葉だったけれど、ナバホ語？」

「ぼくはナバホ語は話さない」J・Tは彼女の頭にキスした。「子どものころは別だが。何を口走ったのか、見当もつかないよ」

「すてきな意味かしら？」ジョアンナはたずねた。

「きみに言ったのなら、そうにちがいない」

「ありがとう、J・T。こんなに優しく……特別に愛してくれて」

「礼を言うのはぼくのほうだ。きみの最初の男になれてどれほど誇らしいか、わかるかい？」

「でも、だからこそ……。わかるでしょう？」ジョアンナはJ・Tにしがみついた。まるで彼という大きな港に避難場所を求めるかのように。「トッドは花嫁にバージンでいてほしかったのよ」

「そいつはろくでなしだ。愚か者だよ」J・Tはジョアンナを抱きしめ、温かい腕の中に包んだ。「プロットのしたことは愛の行為じゃない。だれがなんと言おうと、きみは今夜までバージンだった」

「本当にそう思うの？」涙が止まらない。彼女の胸は特別な男性を愛している喜びでいっぱいだった。

J・Tは彼女の鼻にキスした。「きみはぼくにバージンを捧《ささ》げてくれた。きみの恋人はぼくだけだ」

「そうよ。あなただけ」あなただけよ、J・T。今も、これからも。わたしのたったひとりの恋人。ただひとつの愛。

夜が明けて間もなく、ジョアンナはJ・Tの腕の中で目覚めた。彼はじっと彼女を見ていた。ふたりはまた愛を交わした。J・Tは今度も同じように優しく情熱的で、ふたりは昨夜以上に満ち足りた気持ちになった。彼女は愛することのすばらしさをはじめて知った。アナベルの気持ちが本当に理解できた。

二度目に目を覚ましたときはひとりだった。大声でJ・Tを呼んだ。そこで待っていて、とキッチンから声が聞こえた。J・Tは数分後に戻ってきた。下着姿でトレーを手にした彼を見て、ジョアンナは心が和んだ。J・Tはトレーをベッドの上の足元に置いて、彼女の横にそっと入ってきた。

「朝食だよ」トレーをふたりの膝に引き寄せる。「われながらよくできたスクランブルエッグだ」

ジョアンナはナプキンに白い薔薇《ばら》が添えてあるのに気づいた。「エレナが大切に育てている花を取ったのね！　彼女に殺されるわよ」

「一本くらい消えてもわからないだろう」J・Tは肩をすくめ、オレンジジュースのグラスを渡した。

彼女はひと口飲んで、目を見開いた。「生ジュースだわ。信じられない。あなたって多才なのね」

「そう、きみはまだ一部しか知らないんだ」J・Tはジョアンナのナイトガウンの下に手を入れ、内腿に触れた。

「だめよ」ジョアンナはその手を叩《たた》いた。「もうすぐママが起きて、わたしが母屋に行かなかったら押しかけてくるわよ」

J・Tは手を引いた。「お母さんのことは忘れたかったのに」マグカップから香りのよいブラックコーヒーをおいしそうに飲んだ。「ジョー？」

「なあに？」彼女はオレンジジュースを飲み終えた。

「お母さんにはゆうべ、今朝の便を予約するように言っておいたんだ」

「とっとと帰れと言われて、ママは喜んでいるでしょうね。今朝は手ぐすね引いて待っているわよ」

「会いたくなければ、ぼくが話をつけてやるが」

「やめて」ジョアンナは彼の肩に手を置いた。「これはわたしと母の闘いなの。わたしは母が考えているほど弱くも無力でもないわ。たとえゆうべ――」

「ゆうべもきみは弱くなかったし、無力でもなかった。ぼくをぐいぐいリードしてくれたじゃないか」J・Tはジョアンナの手を取り、唇に押しあてた。「勇気にあふれて、とてもきれいだった。最高の女性だ。ぼくは時代遅れの頑固な男だが、いやがらないでくれ。なんとしてもきみを守りたいんだ。プロットからも、きみを苦しめるほかのだれからも」

ジョアンナはJ・Tの頬に手を添えてキスをした。「いやじゃないわよ。わたしが自分の力で人生を築こうとしていることを認めてほしいだけ」

「わかった」J・Tはキスを返した。トレーがぐらつき、けたたましい音をたてて床に落ちた。

ふたりは手織りの敷物に散乱したスクランブルエッグとトーストを見て、大声で笑った。J・Tはジョアンナをベッドに引き戻し、激しくキスした。彼女の体に快感がさざ波のように広がった。

玄関ドアを乱暴に叩く音がして、高まりかけた気分がいっきに冷めた。ふたりは起き上がった。

「いったいだれだ?」J・Tはつぶやきながらベッドを出ると、ジーンズをはきながら戸口に向かった。「きみのお母さんだったら、絞め殺してやる」

ジョアンナはベッド脇《わき》の時計を見た。「ママではないと思うわ。まだ七時よ。よほど緊急でないかぎり、こんなに早くに来るはずがないわ」

玄関に着くまでにJ・Tはファスナーを上げ、ボタンを留めていたが、上半身は裸で、素足だった。

「だれだか知らないが、帰ってくれ」彼はドアを閉めたまま言った。「ここは何も変わりない」

「J・Tだな?」男が言った。しわがれ声で南部訛《なまり》がある。「開けてくれ。話があるんだ」

J・Tは鍵をはずしてドアを開け、FBIで働いている旧友のデイン・カーマイケルを見つめた。「なんの用だ?」

「プロットの情報が入った。悪い知らせだ」

「入れよ」

デインは中に入り、居間と廊下を見まわした。「ミズ・ボーモントはどこだ?」

「まだ起きていない。どんな情報だ? 電話ですむ話じゃないのか?」J・Tはデインの用件の重大さを本能的に感じ取っていた。

「われわれはニューメキシコとテキサスにひとりずつ捜査官を派遣することになった」

「なぜだ？　それに、なぜその二箇所なんだ？　ミズーリにもプロットの犠牲者が住んでいるぞ」

「ミズーリにはもう派遣したよ。クレア・アンドルースが消えたんだ」

「どういうこと？」ジョアンナが廊下に立っていた。片手でローブの胸元をつかみ、もう片方は固くこぶしを握っている。

「ああ、ハニー」J・Tは駆け寄り、抱きかかえるようにして居間に行った。

「何が起きたの？　プロットに誘拐されたの？」

J・Tは震えている彼女をしっかり抱き寄せた。

「ミズ・ボーモント、ぼくはFBI捜査官のカーマイケルです。残念ですが、今のところ事態を正確に把握できていません。昨日、仕事から戻らないとクレアの男友だちが電話してきましてね。彼女は地元の食料品店で働いています。町じゅうの人が顔見知りで、みんな注意して見ていたはずなのに、なぜ突然姿を消したのか、だれも心当たりがないんです」

「あの男が誘拐し……」ジョアンナの呼吸が乱れた。「レイプしてから殺したのよ。彼はそうすると誓ったんですもの、クレアに……わたしたち全員に」

J・Tは彼女を落ち着かせようと背中をさすった。

「われわれはこの近くに捜査官を送りこむ。今日はその下見に来たんだ」デインはJ・Tに言った。「ミズ・ボーモントの警護にきみが応援を必要としていないのはわかっている。捜査官の任務はプロットの逮捕だ。うまくいけば、あいつが牧場に近づく前に捕らえられるだろう」

「いちばん優秀なのを送ってくれ」J・Tは言った。

「ハル・ランダースをよこすつもりだ。最近入った男だが、たちまち精鋭のひとりになった」

ジョアンナは捜査官を見た。「もしプロットが顔を変えていたら、どうするんですか？　だれにも気づかれずにここまで来るかもしれないわ」

「ランダースには地元警察と連携して、トリニダッドに入ろうとする不審者全員を監視させます」デインは言った。「ここに着き次第、本人が挨拶《あいさつ》に来るはずです。その前に必要があれば、いつでもぼくに電話してください」

「カーマイケル捜査官？」ジョアンナは言った。

「なんでしょうか？」

「クレアを見つけたらすぐに知らせてください。何が起きていても」

「わかりました、J・Tに電話しましょう」

デインが去ると、J・Tはジョアンナを抱き上げ、暖炉のそばにある椅子に座った。膝の上でジョアンナは彼の肩に頭をもたせかけた。

「クレアは死んでいるわ。わたしにはわかるの」

「そうとはかぎらないよ、ハニー」

「プロットはリビーとわたしを捜しているわ。見つかるのはどっちが先かしら?」

「万一きみを捜していても――」

「本当に捜しているのよ」ジョアンナは訂正した。

「本当にそうなら、プロットにはぼくとの対決が待っている」J・Tはジョアンナを見つめた。「きみに手をかけるには、まずぼくを倒さなければならない。今のところ、それに成功したやつはいない」

ジョアンナは微笑もうとしたが、唇がゆがんだだけだった。目を閉じ、ため息をついた。

J・Tはまぶたにキスして抱きしめ、安心させようとした。

J・Tが現れたとたんにプロットが脱獄するなんて、人生はどうしてこうも残酷なのだろう? この四年間、ジョアンナは曾祖母が見つけたような愛を探し求めてきた。今その夢が実現しそうなときに、命の危険が迫っている。しかも、その避けがたい死から彼女を守ろうとしているのは愛する男性なのだ。

10

「あまり心配しないで」ジョアンナは母の頬にキスした。「J・Tが手をつくしてわたしを守ってくれるわ。それに、FBI捜査官がトリニダッドで待ちかまえているから、そのうちレニー・プロットは逮捕されるわよ」

ヘレンはジョアンナを抱きしめてから、手を取って微笑《ほほえ》んだ。「ずっとそばにいられるといいんだけれど、リッチモンドには山ほど仕事が待っているし、あなたに戻る気がないのなら――」

ジョアンナは母の手を握りしめた。「ここでママにしてもらうことは何もないわ。それに、たぶんわたしたちは三千キロぐらい離れていたほうがいいのよ。いっしょにいると結局言い争うことになってしまうもの。リッチモンドにいたときはずっとママの言いなりになっていたけど、トリニダッドに来てからはなんでも自分で決めるようになったから」

「J・T・ブラックウッドとつき合うのは間違いだと、今でもわたしは思っているわよ」

ヘレンは小声で言い、母屋のポーチに立っているJ・Tのほうをちらりと振り返った。

「たとえ間違いだとしても、それはわたしの責任よ、ママ」

「あなたがまた傷つくのを見たくないのよ。かわいそうで――」

「もう出発しないと」ジョアンナは母の手を引っぱった。「アレックスとエレナがジープで待っているわ」

「あのふたりはいい人ね。すばらしいお友だちがいて安心したわ。でも、友人は家族とは違うのよ。肝に銘じておきなさい」

「ママ、飛行機に乗り遅れるわよ」

「せめてサンタフェまでいっしょに行けたらいいのに」

ジョアンナはジープのドアを開けて母を乗せ、もう一度キスした。「まめに電話して、無事を知らせるわね」ジョアンナはドアを閉めた。

アレックスは車を発進させ、ヘレンは手を振って別れを告げた。ジョアンナは土煙しか見えなくなるまで見送っていた。

J・Tが肩を抱いた。「親はみんな完璧《かんぺき》だといいのにな」

「そんな親がいるかしら?」

「たぶん、いないだろう。結局、親も人間だ、過ちを犯すこともあるし、欠点もある。ぼくは昔、自分の不幸をすべて親のせいにして恨んでいた。だが、大人になってわかったよ。ぼくの両親は恋をするには幼すぎたんだ。若すぎて、行く手にある障害を越えられなかった。とりわけジョン・トーマスという障害を」

「わたしの両親は愛し合っていたかどうかも疑問だわ。バージニアの名門の家同士が結婚したようなものだから」

「どのみち、たいした意味なんかないんだよ」

「あなたはどうして結婚しないの、Ｊ・Ｔ？」ジョアンナは彼の腰に腕をまわした。

「何年も前に、自分には向かないとわかったからさ。ぼくは頑固でひねくれ者でわがままだ。ろくでなしの夫にしかなれないだろう」

「人を愛したことはあるの？」

「いいや」

「わたしはトッドを愛していると思っていたわ。でも、彼との関係は、父と母の関係にそっくりだと気づいたの。似たような環境で育ったから、結婚していれば満足して暮らせたかもしれない。しばらくはね。でも、やがて物足りなくなるわ」

「まさにアナベルがそうだったんだろう。結婚後十六年たって、人生に何か燃えるようなものを求めたんだ」

「アナベルとベンジャミンを見る目が変わったようね」ジョアンナはＪ・Ｔの脇腹《わきばら》をつついた。「ふたりの関係はひと夏の情事なんかじゃないとわかったでしょう？」

「まあね」Ｊ・Ｔはジョアンナの腕を引っぱった。「さあ、馬に乗れる服を着ておいで」

「乗馬に行くの？　今から？」

「いい天気だ。あまり暑くもない。せっかくアレックスとエレナがぼくたちだけにしてくれたんじゃないか」

「ランダース捜査官から連絡があったらどうするの？」

「携帯電話を持っていくよ。ランダースはデインからぼくの番号を聞いているはずだ。ぐずぐず言わずに着替えておいで」Ｊ・Ｔはジョアンナの背中を押して小屋に向かわせた。

ジョアンナはちょっとにらんでから、笑った。

「どこへ行くの？」

「例の発掘現場はどうかな？　そのあとで、きみがびっくりするようなプレゼントがある」

Ｊ・Ｔはクレア・アンドルースが行方不明になった事実をどうにかしてジョアンナの頭から消してやりたかった。確かにクレアはプロットに誘拐されて殺された可能性が高い。だが、もしも死体が見つかれば、そのときはいやでも現実に直面しなければならないのだ。メロディ・ホートンとクレア・アンドルースのことは気の毒に思う。しかし、いちばんの気がかりはジョアンナだ――プロットが刑務所に戻るまで、彼女を守り抜くのだ。

「わたしが着替えている間に、馬の準備をしたら？　わたしもすぐに行くから」ジョアンナは言った。

「時間はたっぷりある。急ぐことはないさ」J・Tは彼女の後ろから小屋のポーチの階段を上った。

ふとジョアンナが立ち止まって振り向いた。「本当に糊《のり》のように張りついている気なのね？」

「わずかな危険も犯したくないんでね。しばらくは一心同体だと思ってほしい」

ジョアンナはうなずいて中に入った。J・Tもすぐあとに続き、寝室の外で辛抱強く待った。ジョアンナはブーツを履き、ジーンズとシャツに着替えて、帽子を持って出てきた。

J・Tはその帽子を取って頭にかぶせてやった。

「本物のカウガールのようだ」彼はさっとキスした。

ジョアンナは嬉《うれ》しそうに微笑んでいるJ・Tの顔がたまらなく好きだった。今、ふたりは恋人同士だ。それでも気持ちは揺れていた。ゆうべ愛し合ったことを彼はどう考えているのだろう？　今まで関係を持った女性たちより大切に思ってくれているのかしら？　それとも新しい恋人というだけ？

J・Tはワシントンと、プレイタイムという名前の元気な雌馬に馬具をつけた。ライフルを点検したあと、鞍《くら》にホルスターを取りつけ、サドルバッグには拳銃《けんじゅう》を入れた。懐中電灯二本と水筒と携帯電話も入っている。そして最後に、たたんだ毛布をくくりつけた。

「妙なものを持っていくのね」ジョアンナは言った。

「文句を言わずに待っているんだ」

ふたりはブラックウッド牧場を出発し、一時間後にはヘジェカイア・マホニーの牧場の東地区に着いた。発掘現場はそこにある山のふもとに位置している。赤い砂岩の峡谷、きのこのような形の断崖《だんがい》、涸《か》れ谷に沿って生えている黄金色のポプラ。ジョアンナは強烈な色彩に輝くこの土地を何度も描《か》いてきたが、見るたびにまた絵筆を取りたくなる。

馬は休ませることにして、ふたりは手をつないで発掘現場を歩いた。貴重な遺物はかなり以前にほぼ発掘しつくされて、今では八十四歳のヘジェカイアに許可された学生たちがたまに何か見つけるだけになっている。

ジョアンナは曾祖父《そうそふ》のキャンプサイトの様子を想像しようとした。目を閉じると、たき火のにおいが漂ってきそうだ。アナベルの子どもたちのはしゃぐ声が聞こえるような気がする。若きナバホの銀細工師が、生涯でただひとりの恋人になる女性をアパルーサ種の馬上から見下ろす姿が目に浮かんだ。

「おい、しっかりしろよ」J・Tが肘でつついた。「夢でも見ているのかい?」

「一九二五年の夏の光景を思い浮かべていたのよ」

「アナベルとベンジャミンの最初の出会いを?」

「ええ。でも、どうして曾祖父は気づかなかったのかしら。すぐそばで妻がほかの男性に恋をしていたのに」

「おそらく気づいていたさ。だが、知らないふりをして黙っていたんだろう」

「でも……なぜ？」

「彼はアナベルの父親に言われて結婚したときから、愛されていないのを知っていたはずだ。年が離れているし、たぶんセックスの面でも合わなかっただろう。しかし、妻が息子たちを捨ててまで家を出ることはないとわかっていたにちがいない」

「つまり、最後にはいっしょにバージニアに戻るのがわかっていて、じっと耐えていたと言うの？」

「そう考えれば筋が通る」

ジョアンナは足元の土を蹴《け》った。「あなたは激しい情熱というものが想像できる？　わたしたちにはまだそこまでの感情はないけれど」

「きみはその情熱を感じ始めているんだね、ジョー？」J・Tはジョアンナに腕をまわした。「祖先の人生に思いをはせるのはかまわない。だが、それは彼らの人生であって、ぼくたちの人生ではない。今のきみには、ほかに気持ちを向けるものがあったほうがいい。だが、そこのところを忘れないように」

「ええ。わたしは子どもがふたりいる人妻ではないし、あなたも貧しいナバホの若者じゃない。アナベルとベンジャミンを引き裂いたような障害はわたしたちにはない。なんでもしたいようにできるわ」

J・Tは穏やかな目でジョアンナを見つめた。「差しあたって、ぼくはきみが驚くようなものを見せてやりたいんだが」

「何を？　どこにあるの？」

ジョアンナは目を輝かせ、頬をピンクに染めて、秘密のプレゼントに胸をときめかせている。まるで少女のようだな、とJ・Tは思った。

「五キロほど先だ。山の中腹にある」

J・Tは馬を引いてきて、ジョアンナに手を貸して乗せたあと、先導して斜面を登った。彼は神秘的なまでの静けさに包まれた場所で馬を降りた。はるか上にのこぎりの歯のような山頂がそびえ、ピニヨン松やホワイトオークが紺碧《こんぺき》の空にくっきりと映えている。プレイタイムから抱き降ろされるとき、ジョアンナは心臓がどきどきしてきた。

J・Tはサドルバッグから懐中電灯を二本取り出して、ひとつを彼女に渡した。「さあ、行こう」

ジョアンナは帽子を脱いで鞍頭にかけた。J・Tのあとについていくと、低木の茂みに隠れるように洞窟《どうくつ》の入り口があった。

「見てごらん」J・Tは脇によけてジョアンナを正面に立たせた。

ジョアンナは懐中電灯で中を照らし、おそるおそる足を踏み入れた。そして大きく息をついた。J・Tは懐中電灯をつけて、奥へ行くように促した。

ふたりはいっしょに進んでいった。最初のうちは立って歩けたが、四メートルも行かないうちに足を止めた。二メートル以上あった砂岩の天井が徐々に低くなって、一・五メートルにも満たなくなっている。そこから先は這《は》わないと進めない。

「ここがわたしの想像していたところ？」

「たぶんね」

「どうしてこの場所を知っているの？」

「この洞窟は十一歳のときに見つけたんだ。このあたりをよく馬で探検していたんでね。だれかが避難場所にでもしていたのだろうと思っていたが、日記を読んで、はっきりわかったよ」

ジョアンナは床を照らした。何かの動物の毛皮が広げてある。アナベルとベンジャミンはあの上で愛し合ったのだろうか？　揺らめく光が壊れた灯油ランプを照らし出した。底の部分がふたつに割れていた。

「ここを見つけたのはクリフと遠乗りをしている最中だった。親父《おやじ》さんが作業員主任だった関係で、あいつとは子どものころから友だちだった。ランプはふたりでうっかり壊してしまったんだ」

「ここがアナベルとベンジャミンの特別な場所なのね」口がからからで、のどがしめつけられるようだ。ジョアンナは下唇を噛《か》んだ。

「ああ、おそらくそうだろう」J・Tは彼女の腰に腕をまわした。「キャンプに近いわりには、ほとんど人目につかない。ごらんのとおり寂しい場所だ」

「日記を読んだときには、居心地のいいすてきな場所を想像していたけど」ジョアンナは懐中電灯でゆっくり照らしながら、洞窟内の隅々まで眺めた。

「現実は山の中の暗い穴蔵だ。ごつごつして、わびしくて、とてもロマンチックとは言いがたい」

「でも、アナベルたちにとっては特別だったのよ」ジョアンナは汚れた古い毛皮を見下ろした。「ふたりだけで過ごせる、恋人になれる唯一の場所だったんだわ」

「なんだか悲しいな。しかし、七十年前はかなり違っていたはずだ。毛皮は新しくてきれいだったろうし、灯油ランプの炎は暖かい影を壁に映し出していただろう」J・Tは懐中電灯を床に置いた。光の行く手が淡く照らし出された。

ジョアンナも並べて懐中電灯を置いた。明るさが二倍になって、暖かさも二倍になった。

「日記には、ここで人生の至福の時を過ごした、と書いてあったわ。愛する人といっしょにいられたから、と」

「ほかにも見せたいものがある。ここが曾祖父たちの密会場所だったことを裏づけるものだ。少し待っていてくれ。サドルバッグに入っているんだ」

J・Tが出ていこうとすると、ジョアンナは腕をつかんだ。「何を持ってくるの？」

「見ればわかるさ」

ジョアンナはうなずき、J・Tが戻ってくるのを待った。不気味な静寂が背筋を這い上ってくる。ぞくっとした。遠くから太鼓の音が聞こえた。空耳だと思いながらも、ジョアンナは耳を澄ました。

いや、現実の音だ。たとえわたしの心にしか聞こえないとしても、遠い昔アナベルが聞いたのと同じ音にちがいない。愛し合う運命にある恋人たちに、魔法の太鼓が言葉ではない言葉で語りかけているのだ。

「これだよ」J・Tは毛布を腕にかけ、ぼろぼろになった本を持って戻ってきた。「ある日、ひとりでここに探検に来て見つけたんだ。ぼくは昔からがらくたを集めては大切にしまっておく癖があってね。だが、見せたいのは本ではなく、ページの間にはさんであるものだ」

差し出された本を、ジョアンナは震える手で受け取った。背表紙は破れ、かなりのページが抜け落ちている。最初のページを開いた。J・Tは毛布を地面に広げた。

「座れよ、ハニー」J・Tはジョアンナを座らせ、自分も隣に腰を下ろして、薄っぺらな本に懐中電灯の光を当てた。「読んでごらん」

署名が見えた。〝ベンジャミンへ。永遠の愛をこめて。Aより〟

「つまらない詩集だ。十一歳の少年がなぜこんなものをとっておいたのかわからない。当時は宝物のように思えたのだろう。ほかのくだらない収集品といっしょに机の引き出しに突っこんでおいたんだ」

「クリスティーナ・ロセッティの詩集ね。アナベルのものだったにちがいないわ。日記にも何度か引用されていたもの。特に一篇《いっぺん》の詩が」

「真ん中あたりを見てごらん」J・Tはジョアンナが黄ばんでかさかさになったページを慎重にめくるのを見守った。

『こだま』という詩の上に、長さ十センチほどの髪の束――漆黒の髪と燃えるような赤毛をより合わせて、色あせた黄色のリボンで束ねてある――がのっている。ジョアンナは胸が詰まった。こみ上げそうになる涙を、ぐっとこらえた。

ジョアンナはうやうやしく本を閉じ、J・Tを見た。「くだらない感傷的なものだと思っているんでしょう？　なぜこんなことをしたか、あなたには理解できないでしょうね。アナベルがなぜお気に入りの詩集をベンジャミンにあげたのかも」

「いや、七十年前の人は現代人とはかなり違う。みんな今よりロマンチストだったろう」

J・Tはジョアンナの背中をなでた。「なかでもアナベルはとびきりのロマンチストだ。だから、ベンジャミンが本当に愛していたなら、そういう彼女の思いつきを大切にしてやっただろう。違うかい？」

「J・T・ブラックウッド、あなたは不安をまぎらわす方法を心得ているのね」ジョアンナは微笑もうとしたが、できなかった。かわりに、指先でＪ・Ｔの頬をなでた。「だから今日、わざわざこの洞窟と本を見せてくれたのね。クレアが行方不明になったこととプロットの脅しを忘れさせるために」

「うまくいかなかったがね」

「そんなことはないわ。あの男が次に何をするだろうと怯《おび》えているより、曾祖母たちのことを考えたり話したりしているほうが断然よかったわ」

「その本はきみが持っていたいだろう。ぼくよりもずっと思い入れが強いはずだから」

「ありがとう」ジョアンナはまたＪ・Ｔの頬をなでた。彼はその手を押さえた。

「きみとぼくが出会う確率は、いったいどれくらいだったんだろう？　恋人になるかどうかは別にして」

「あなたは運命を信じないでしょうけど、わたしは信じているの。わたしたちは出会って恋人になるように運命づけられていたのよ、ベンジャミンとアナベルのように」

「ジョー、あのふたりに重ね合わせるのは――」

「重ね合わせてなんかいないわ！　あなたもわたしも曾祖母たちとは別の人間だということはよくわかっているわ」ジョアンナはＪ・Ｔから手を引いた。

「それならいい。この洞窟と本を見せたからといって、ぼくがあのくだらない恋物語を認めたとは思わないでくれ。アナベルとベンジャミンがお互いを深く気にかけていたことまでは認めるが、それが永遠の愛だというのは、アナベルの作り出した幻想だ。実際、ベンジャミンは自分の人生を歩んで、別の女性と結婚している。そして子どもを作った――ぼくの母の父親を」

「ふたりが出会ったとき、ベンジャミンにはすでに四歳の息子がいたのよ。お産で奥さんを亡くして、結局再婚はしなかった。エレナに聞いた話では、三十八歳のときに肺結核で亡くなったそうよ」

J・Tはうめき、腹だたしそうに息を吐いた。「降参だ。ベンジャミンはアナベルを思い続けながらあの世に行き、彼女は死ぬまでほかの男を愛さなかった。これで満足か?」

ジョアンナはにっこりと笑った。「本当はそんなことは信じていないんでしょう。わたしをなだめるために言ったのね」彼の首に腕をまわした。「そういうぶっきらぼうで不機嫌そうな態度、すてきよ」

「いろいろと言われてきたが、すてきと言われたのははじめてだ。ぼくの言動を深読みしても――」

「ええ、わかっているわ。あなたはわたしに何も与える気はない。ただ警護して、気まぐれに抱くだけ」

J・Tの本心は想像するしかない。彼自身にもわかっていないのだろう。幼いころ、自分の感情を封じこめることで傷つかないようにしていたせいで。

「本当はどういうつもりでわたしをここに連れてきたの？」ジョアンナはＪ・Ｔに抱きつき、胸を押しつけた。「わたしがアナベルとベンジャミンにとって特別なこの場所で抱いてほしがると思ったんじゃない？」

Ｊ・Ｔは咳払《せきばら》いして、ぎこちなく腰を引いた。「そんなつもりはまったく――」

ジョアンナは彼の唇に人さし指を当てた。「じゃあ、どうして毛布を持ってきたの？」

「ジョー、いいかげんにしてくれ。いちいちぼくのすることを詮索《せんさく》――」

ジョアンナは情熱的なキスでＪ・Ｔを黙らせた。カウボーイハットを払い落としながら毛布の上に押し倒し、彼の上になると、唇を離して微笑んだ。

「詮索するのをやめて、曾祖母たちに起きたようなすてきなことがわたしたちにも起きていると思うことにしたら、今ここで……この洞窟で……わたしを抱いてくれる？」

Ｊ・Ｔはジョアンナのヒップを両手でつかみ、彼女を自分の高まりの上にのせた。「抱いてあげるとも、ハニー……いつでも……どこでも」

ジョアンナはこの瞬間を夢見ていた。日記をはじめて読んだときから、曾祖母たちが愛を確かめ合っていたこの特別な場所で情熱的な恋人と愛し合う自分を、うっとり思い描いていたのだ。アナベルは愚かなロマンチストだったかもしれないし、現実は彼女にとって残酷でつらいものになったが、夢をかなえてくれる恋人を見つけられたのは、このうえない幸せだったにちがいない。

ジョアンナはJ・Tの浅黒い首筋にキスした。「あなたを待っていてよかった。ほかの人だったら、とてもこんなふうに自然にはいかなかったわ」

J・Tはジョアンナを仰向けにして、彼女のシャツのボタンをはずした。素肌に触れた瞬間、ジョアンナがびくっとした。「本当にいいのかい？」

「ええ、いいわ」ジョアンナも彼のシャツのボタンをはずし、胸に触れた。J・Tが息をのんだのを見て、微笑んだ。「あなたのおかげでセックスのすべてを知りたくなったの。あなたを心から信じたい。わたしを決して傷つけない人だと信じたいの」

J・Tはブラジャーのフロントホックをはずし、ほんの少しジョアンナの体を持ち上げてシャツといっしょに脱がせた。丸くてふっくらした魅力的な胸を見つめ、両手に包みこんで、彼女の脚の間に脚を入れ、優しく愛撫《あいぶ》した。

「完全に信じてほしい。いいかい、今からぼくたちは愛し合うんだ。お互いに与え、お互いに受け取る」J・Tはジョアンナの手をベルトのバックルに導いた。「ぼくはきみを奪い、きみはぼくを奪う。きみが達するとき、ぼくも達する」

まるで何度もそうしたことがあるように、ふたりはごく自然にお互いの服を脱がせた。

毛布の上に裸で横たわると、J・Tはジョアンナを抱き寄せ、顔を見つめた。「今ここで優しくしなかったら、きみを怖がらせてしまうかな？」

ジョアンナはJ・Tにしがみつき、息をはずませてキスした。「大丈夫よ。わたしもそんな気分じゃないわ。今、この場所では」彼女の心は燃え上がっていた。夢がかなおうとしている。アナベルの体験したすばらしい世界に足を踏み入れようとしているのだ。

J・Tはむさぼるようにキスをし、ジョアンナも応じた。彼はいきなり入ってきた。ジョアンナは彼の背中に爪を立て、腰に両脚をからませた。彼は激しく貫いた。ジョアンナは喜びにあえいだ。

液状の火が血管を流れているように、体じゅうが熱くなった。胸が痛いほど張って、先端が硬くなっている。J・Tが動くたびにたくましい胸で敏感な胸をこすられ、体の芯《しん》に痛みと快感が走った。

ジョアンナはあえいだ。強く貫かれるごとに興奮が高まっていく。この拷問のような行為をやめてほしいと思う一方で、永遠に続けてほしいとも思った。

J・Tが動きを速めた。最初の高まりが波のように押し寄せ、ジョアンナはもだえた。

J・Tもどれだけ耐えられるか自信がなかった。限界が近づいている。ジョアンナの体が小刻みに震えるのを感じた瞬間、彼も思いきり動いて、頂点に達した。そして、勝利した獣のような雄叫《おたけ》びをあげた。

さらに何度か激しく攻められて、ジョアンナはふたたびクライマックスを迎え、大きなうめき声を発した。最後の瞬間、J・Tはナバホ語で叫んだ。「アヨーイ・オーシッニ」その言葉の意味はふたりとも知らない。でも、ジョアンナには理解できたような気がした。

それはベンジャミン・グレイマウンテンがアナベルに言ったのと同じ言葉――愛の宣言にちがいない。

ふたりは背中を丸めて横たわった。満ち足りて安らかな寝息をたてているジョアンナを抱きしめたまま、J・Tはじっとしていた。今までずっと分厚い鎧《よろい》の下に感情を閉じこめてきたのに、なぜかこの美しい女性にすっかり心を奪われている。愚かにも個人的にかかわってしまったのかもしれないが、これほどまでに女性をほしいと思ったのははじめてだ。

ジョアンナには、二度と傷つけない、と誓ったが、それは嘘《うそ》だった。自分にも嘘をついていた。もちろん肉体を傷つけたりはしないが、遅かれ早かれ彼女を悲しませることになるだろう。

ジョアンナはJ・Tが信じられないことを信じ、彼には与えられないものを望んでいる。ベンジャミン・グレイマウンテンの生まれ変わりを望んでいるのだ。ナバホの魂と愛と、かぎりない情熱を持った男を。

ジョアンナが目覚めたとき、ふたりはまた愛し合った。お互いの体を肌と舌と目で心ゆくまで感じ合った。ぎらぎらした太陽が夕方近くの空に金色の光をまき散らしている。ふたりは特別な場所での時間を味わいつくすように、ゆっくりと服を着た。ジョアンナはアナベルのものだった詩集を胸に抱きしめた。漠然とした悲しみが心に影を落としていた。

ここでＪ・Ｔと愛し合うのは今日が最初で最後なのかしら？　わたしたちに未来はないの？

Ｊ・Ｔはジョアンナがプレイタイムに乗るのに手を貸し、詩集を受け取ってサドルバッグに入れてやった。「そろそろ戻ろう。いくらサンタフェで大量の買い物をしても、エレナとアレックスはもう家に着いているころだ」

ジョアンナはうなずいた。そう、牧場に戻らなければならない。脅威にさらされている現実の世界に。

ジョアンナとＪ・Ｔは厩《うまや》で時間をかけてワシントンとプレイタイムにブラッシングしてやった。

「シャワーのあとで、今夜はぼくがステーキを焼こうか？」Ｊ・Ｔが言った。「アレックスとエレナを招待してもいい」

「すてきな考えね」ジョアンナは指先でＪ・Ｔの腕をなで上げた。「特にシャワーというのが」

「いっしょに浴びようと誘っているのかい？」Ｊ・Ｔはジョアンナの腰に腕をまわした。

「だれかといっしょにシャワーを浴びたことがないの。それもはじめての経験になるわ」

「どんなことでもきみの初体験につき合えるのは嬉しいね」

ジョアンナはJ・Tに腰を抱かれたまま玄関の鍵《かぎ》を開け、中に入った。居間の様子を見て息をのみ、駆けこんで棒立ちになった。

「荒らされているわ。どうして……」

J・Tもすぐに入ってきて、ジョアンナの背中に手をかけ、頬をすり寄せた。「落ち着いて、ハニー」

ソファや椅子のクッションが床に散乱している。スタンドは壊れ、壁の絵ははずされている。だれかが思いきり荒らしていったのだ。ジョアンナはイーゼルのそばに駆け寄った。

「ひどい!」汚された絵を見て彼女は叫んだ。「エレナの絵が台なしよ」

J・Tは妹の肖像画に赤い絵の具で書かれたメッセージを読んだ。〝おれは戻ってくるぞ〟彼はジョアンナの肩をつかみ、一瞬目を閉じた。むらむらと怒りがこみ上げた。

「あの男が来たんだわ」ジョアンナは震えた。「ここに入ったのよ。どうして? なぜだれにも見とがめられなかったの?」

「わからない」J・Tはジョアンナの肩をつかんでいた手に力をこめながら、心の中で呪《のろ》った。地獄に落ちろ、レニー・プロット。まるで尻尾《しっぽ》をつかませない憎々しいやつめ。トリニダッドにいるデイン・カーマイケルとハル・ランダースの目を逃れるとは。だが、トリニダッドを通ってきたのではないとしたら? まわり道になるが、いったん南西に向かってから北上してくることも可能だ。

レオナード・プロット三世に関する報告書を読んで、J・Tは彼がなかなか利口なことを知っていた。十二人の女性をレイプしながら、何年もの間バージニアの警察に逮捕されなかったのだから、その点においては天才だ。もし最後の被害者のボーイフレンドが突然帰宅していなければ、まだ捕まっていなかったかもしれない。

おまけに、プロットは金持ちだ。大金さえあればなんでもできる——だれかの手を借りることも、別のだれかを黙らせることも。

レニー・プロットは危険な野獣だ。遅かれ早かれ、打ち倒さなければならない。J・Tは自分の手でそれを果たしたかった。

「ここは安全じゃないわ」ジョアンナはJ・Tを見て、彼の胸に顔を埋《うず》めた。「どこにいても、わたしはあの怪物から逃げられないのよ」

「ぼくといれば安全だ」J・Tはジョアンナを抱きしめた。「こうしてぼくの腕の中にいれば大丈夫だ。この先もきみを守り続けるよ」

「どうやって？　プロットは戻ってくるわ。なんとしてもわたしを——」

「言うな。考えるのもやめるんだ。ここが心配なら、別の場所を探そう」

「あの男に見つからない場所があるとはとても思えないわ」

11

「あの男は必ず捕まえる」デイン・カーマイケルが言った。「あとは時間の問題だ」

「時間は関係ない」J・Tは自分の書斎で革のソファに並んで座っているFBIの旧友とランダース特別捜査官をにらんだ。「プロットはすでにひとりさらって殺している。おそらくはふたり目の女性もだ。そして今日、この牧場にやってきて、ジョアンナの家を荒らした。牧場の人間はだれも侵入者の姿を見ていない。これだけでもプロットがどんな男かわかるだろう?」

「十分わかっているさ。相手は非常に頭のいい危険な犯罪者だということだ」デインは組んでいた脚をほどいて、ソファの端に寄った。「おまけに際限なく使える金があるんだから、いっそう厄介だ」

J・Tはデスクの後ろの回転椅子に座っているジョアンナをちらりと見た。デインとランダースと三人だけで話すつもりだったのに、同席すると言って聞かなかったのだ。その気持ちはわかる。なにしろ危険にさらされているのはジョアンナの命なのだ。彼女はJ・

Tを見上げてうなずき、わたしは大丈夫よ、と無言で告げた。

「プロットが姿を変えたというのもまずいですね」ランダースが言った。「整形手術をする時間はなかったはずだから、せいぜい変装した程度でしょう。髪を染めたか、目の色をコンタクトレンズで変えたか。皆目わかりません」

「どこかでだれか見かけた者がいないか、リッチモンドで写真を配って調べている。必死で手がかりを探しているところだ」デインはひょろ長い体を伸ばしてソファを離れた。「彼ほどの金持ちなら、人を買収することも、手伝わせることも、口止めすることもできる」

「母親は、会ってもいないし話をしてもいないと主張しています」ランダースが言った。「でも、ジョージ警部補によれば、息子のためならなんでもする母親だとか」

「FBIはリビーを守るためにテキサスの捜査官を増員してくれたんでしょうか？」ジョアンナはきいた。「彼女にはボディガードを雇うようなお金はないはずだわ。クレアもだけれど」

「ミズ・フェルトンに関してはあらゆる措置をとっていますよ」デインが言った。「彼女の住んでいるシェルビーの警察には、すでに万一に備えて協力を仰いでいます。このトリニダッドと同じように」

「財源にも人員にも限りがあることは理解してください、ミズ・ボーモント」ランダースが言った。「われわれは手をつくしています。必ずレニー・プロットを捕まえてみせますよ」

「証言した四人を全員殺す前に？　それともあとに？」ジョアンナは内心では動揺していたが、声は力強くしっかりしていた。

J・Tは彼女が膝の上でこぶしを握りしめているのに気づいた。立ち上がり、デスクの後ろにまわって彼女の座っている回転椅子の背をつかんだ。

「ジョアンナは避難させる」J・Tは言った。「明日の朝一番に牧場を出る」

「その必要はないでしょう、ミスター・ブラックウッド」ランダースがソファから立ち上がった。「デインは捜査官の増員を要請しているし、地元の警察と州保安官事務所の応援も取りつけている」

「ここより安全な場所がどこにあるんだ？」デインがきいた。

J・Tはデインを、ついでランダースを見た。「ナバホ居留地だ。妹のエレナが母方の家族と交渉している。われわれとの連絡方法は、エレナとアレックスに伝えておく」

「待ってください。ミズ・ボーモントを先住民の居留地に潜伏させるんですか？」ランダースがきいた。「賛成できません。どうしてもと言うなら――」

「どうしてもだ」J・Tはにらみつけた。

ランダースは顔を赤らめ、咳払《せきばら》いをした。「それなら、ぜひともわれわれにも正確な居場所を知らせてもらいたい。妹さんに地図を描《か》いてもらうか、そっちの電話番号を教えてもらうか」

「デインにぼくの携帯電話の番号は言ってある。それに、どこにいるかは部族警察が把握するはずだ」

「納得がいかないな」ランダースは大きなオークのデスクに詰め寄った。「ここにはFBIも地元の警官もいるのに、ミズ・ボーモントを未開の地に連れていき、部族警察に警護してもらうんですか？」

「言いすぎだぞ」デインがたしなめた。

ランダースはデインを振り返ってにらんだ。デインの視線はJ・Tに注がれている。ランダースはJ・Tを見てつばをのみこんだ。「別に深い意味は――」

「ミズ・ボーモントはぼくが守る」J・Tは言った。「FBIには間違いなくレニー・プロットを見つけてもらいたいね」

ランダースは賢明にも黙っていた。デインはJ・Tに外までいっしょに来てくれと言い、ジョアンナに別れの挨拶《あいさつ》をすると、ランダースに合図して廊下に向かった。

J・Tはジョアンナの肩をつかんだ。「すぐに戻るよ」

ジョアンナは安心させるようにJ・Tの手を軽く叩《たた》いた。「ランダースを殺してはだめよ」

いた。

FBI捜査官のあとを追ってJ・Tが出ていくと、ジョアンナはデスクの上で頬杖《ほおづえ》をついた。

ほんの短い間にわたしの暮らしは変わってしまった。トリニダッドで安らぎと満足を見いだし、画家としての仕事も思いのほか順調だった。待ちわびていた恋人もアパルーサ種の馬に乗って現れた。

なのに、またもやレニー・プロットがその幸せを壊そうとしている。

「大丈夫?」エレナの声で物思いは中断された。

ジョアンナはびくっとして顔を上げた。「ええ。入って。J・Tはすぐに戻ってくるわ。FBIの捜査官を車まで送っていったの」

エレナはうなずき、部屋に入ってきて、デスクに腰かけた。「今、ケイトに電話したら、今夜ママの家を片づけに行くって。あそこはママが死んでからだれも住んでいないけど、年に二回、ケイトが空気を入れ替えて掃除してくれているの」

「その家のことは以前にも話してくれたわね。今度居留地を訪ねるときにケイトに案内してもらおうと思っていたのよ」

「明日からJ・Tとそこに住むのよ」エレナはジョアンナのほうに上体を傾けた。

ジョアンナはエレナの手を握りしめた。「わたしはあなたのお兄さんに恋をしているわ。

そんなつもりじゃなかったのに好きになってしまったの。彼はわたしを守るとしか約束してくれないけれど」

「兄は人を愛することを恐れているのよ。わたしのことだって気にかけてはくれるけど……愛したのはママだけかもしれないわ。幼いころにね。居留地から連れ出されたあとは、母親はおまえが邪魔だったから手放したのだと吹きこまれたの。おじいさんのジョン・トーマス・ブラックウッドに、ママやナバホのすべてを憎むように教えられたのよ」

「J・Tは出自を受け入れるべきだと思うわ」ジョアンナは立ち上がって窓際に行き、作業員小屋を眺めた。「本当の自分を認めさえすればいいのよ。白人の血とナバホの血を」

「兄は、ニューメキシコに住まないのは、そのどちらでもないからだ、と話したことが一度あったわ。ここにいたら、白人からもナバホからも認めてもらえず、どちらの世界にも属していない気がすると。でも、海兵隊やシークレット・サービスにいれば、兄はただのJ・T・ブラックウッドだったのよ。ひとりの兵士、ひとりの護衛官。過去は関係ない。任務さえ遂行すればいい」

「でも、自分の人生はないわ。おじいさんからこの牧場を受け継いでも、本当の意味での家もない。それに、あなたの言うように、妹を気にかけてはいても、自分の家族を作ろうとはしない」

「わずかの間によく理解したわね」エレナは微笑《ほほえ》んだ。「あなたとJ・Tならうまくいくと、わたしには最初からわかっていたのよ」

「それはどうかしら。ときどき、無理だと思うことがあるわ。ボディガードとしては信頼しているけど……わたしのほうにまだ人を信じきれない部分があるみたい。J・Tを愛しているのに、それでも信じられない。彼は何も将来の約束をしてくれないから」

「もう少し待って。きっと変わると思ってあげて」エレナはジョアンナのそばに来て、肩に手をかけた。

「わたしはふさわしくない女かもしれないわ」ジョアンナはエレナから離れた。首の後ろで両手を組んで天井を見上げる。「あんなこと……レイプされたことのある女は……J・Tのような男性には向かないんだわ。彼はとても……その……」

「いかにも男だから？　ええ、兄は原始的な男よ。でも、あなたを愛せないとしたら、だれのことも愛せないわ」

「J・Tはどこだい？」アレックスが入ってきた。

「FBIの人を送っていったそうよ」エレナが言った。「J・Tが明日ワシントンとプレイタイムも連れていくって、ベニトに伝えてくれた？」

「ああ、伝えたよ。朝の八時には二頭をトレーラーに乗せてジープに連結しておくそうだ」

「わたしは戻って荷造りをしないと」プロットに荒らされた居間は、J・Tに頼まれたべニトの妻のリタが片づけているはずだ。それはジョアンナも知っているが、足を踏み入れるのは気が進まなかった。「少し道具を運んで、向こうでも仕事をするつもりなの。どれだけ滞在することになるかわからないから。数日か、数週間か」

「ママの家の近くに、古い住居《ホーガン》が残っているわ。わたしの曾祖父母《そうそふぼ》はそこに住んでいたの。あなたなら絵を描きたくなるかもしれないわ」

「つまり、それがベンジャミンの家？」

エレナはうなずいた。「できたら居留地にいる間にJ・Tとナバホの人たちを親しくさせてくれないかしら。J・Tよりもあなたのほうがわたしの母方の家族のことをよく知っているはずだから」

「やってみるわ」ジョアンナは言った。

J・Tが戻ってきたとき、ジョアンナはアレックスとエレナと話していた。居留地に隠れたらどうかと提案したのはエレナだ。J・Tは考えたすえに受け入れることにした。プロットに居場所を知られた以上、ここは離れたほうがいいだろう。もちろん、居留地にいても見つからないという保証はないが。

もしプロットが現れたら、決着をつけるだけだ。J・Tは心のどこかで対決を待ち望んでいた。かつて任務で人を殺したときはいやな気持ちがしたものだ。だが、必要に迫られたら、ためらわずにプロットを殺すだろう。

「おまえのいとこに連絡してくれたか？」Ｊ・Ｔは書斎に入りながらエレナにきいた。

「わたしたちの、でしょ」エレナは訂正した。「それに名前があるわ。ケイト・ホワイトホーンよ」

「わかった。で、そのケイトと話はついたのか？」

「ええ。明日までにはママの家を掃除して準備しておくって。彼女には事情を説明し――」

「どこまで話したんだ？」

「全部よ！　家族は信頼しなくちゃ、Ｊ・Ｔ。兄さんもあの家族の一員なのよ」エレナはにらみ、腰に両手を当てた。「それに、ケイトと夫のエドはジョアンナが大好きなの。居留地に絵を描きに行ったときは、何度か泊めてもらっているのよ」

「落ち着けよ。怒らせるつもりはなかったんだ。おまえの……いや、ぼくたちのいとこは確かに信頼できるだろう。ただ、ジョアンナの居所を知る人間は少なければ少ないほどいいんだ」

「ふたりは羊を飼っていて、エドはナバホ族の運営する製材所でも働いているの。住まいは孤立したところにあるけど、そこへ行くまでに兄さんとジョアンナは村の人たちに見られるわ。といっても、ほとんどは友だちか家族よ。だから、ケイトは自分のお兄さんからみんなに説明してもらって、ふたりが来たことを黙っていてくれるように頼んだのよ」

「いろいろ助けてくれてありがとう」ジョアンナはエレナを抱きしめた。「ＦＢＩにはさっさとプロットを捕まえて、こんな悪夢を終わらせてほしいわ」

「あなたのことはＪ・Ｔが守るわ」エレナは兄をちらっと見て微笑んだ。「それに、エドもジョセフもそばにいるわ。ジョセフは射撃の名手なの。あなたのためなら骨身を惜しまないはずよ、ジョー」

「ジョセフといえば、今度訪ねたときに彼の絵も描いてあげると約束しているの」ジョアンナが言った。

「ジョセフというのは何者だ？」Ｊ・Ｔは顔をしかめた。

「ケイトのお兄さんよ」エレナは長い黒髪を指でかき上げた。「ジョアンナには初対面のときから優しくしていたわね」

「エレナ！」ジョアンナは緑色の目を丸くした。頬を赤らめている。

「ジョセフのお母さんとわたしたちのママは姉妹なのよ」エレナはＪ・Ｔに言った。「だから、彼もベンジャミン・グレイマウンテンの曾孫《ひまご》なの」

「なんだって？」Ｊ・Ｔはジョアンナの目を避けた。妹のねらいは察しがつく。ジョアンナに気のある男の話を持ち出して、やきもちを焼かせようという魂胆だ。だが、その男もアナベルの恋人の子孫とは。

「さあ、ふたりとも旅の支度をすませてきたら？」エレナはアレックスの腕を取った。

「わたしは客用寝室をきれいにしてくるわ。あなたが今夜使えるようにね、ジョー」

エレナたちが出ていったとたん、ジョアンナはJ・Tを振り向いた。「気にしないでね。彼女はちょっと繊細じゃないところがあるのよ」

「確かにな」J・Tはあごをさすった。「きみはジョセフとデートしたことがあるのか?」

「え?」ジョアンナは手で口をおおって笑いを噛《か》み殺した。

「何がおかしい? ベンジャミンのもうひとりの曾孫とデートしたかどうかをきいているだけだ」

「そうね、二、三回あるわ。彼のことは好きだけど、特別な気持ちはないわ」

「ジョセフは純粋のナバホだろう。曾《ひい》おばあさんの恋人と同じような恋人を探しているなら、どこが気に入らなかったんだ? 顔がまずいのか? まぬけなのか――」

ジョアンナはJ・Tの唇にさっとキスすると、首をかしげて彼を見つめた。「ジョセフ・オーネラルズはハンサムで知的で優しい人よ。友情は感じるけれど、魔法は起きなかったの。その――」彼女は目を閉じ、J・Tの強烈な視線を避けた。

J・Tはジョアンナを抱き寄せた。「ぼくたちの間に起きたような魔法、か?」彼はキスした。ジョアンナは自分のものだと念を押すだけでなく、嫉妬《しっと》をむき出しにしたキスだった。

ジョアンナはJ・Tに体を預けた。J・Tは今、感情をさらけ出していることに気づいていないのだ。この激しい独占欲からやがて愛が芽生えるかもしれないと期待してみようかしら？

ジョアンナはカバーをはねのけ、ベッドから起き上がった。無理だ。二時間以上横になっているのに、いっこうに眠くならない。J・Tの恋人でいられるのは今夜が最後かもしれない、そんな不安と期待の入りまじった考えが頭から離れなかった。

彼女は明かりもつけず、ローブもはおらないで窓際まで行き、椅子に座りこんだ。膝を抱え、ため息をつく。

もし頭の中にスイッチがあれば、オフにして思考を止めてしまうのに。プロットにレイプされた日から、今日、アナベルとベンジャミンの特別な場所でJ・Tと愛し合ったときまでのことが次々に頭に浮かんでくる。いまわしい過去は忘れようと必死で努力してきた。でも、プロットが復讐《ふくしゅう》に躍起になっていると思うと、遅くまで残業してアパートメントに戻ったあの恐ろしい夜のことがよみがえる。

だめよ！　考えちゃだめ！　もう五年近くたっているのだ。脅されても思い出してはいけない。それがあの男のねらいなのだ——恐怖と痛みと恥ずかしさを思い出させることが。

でも、二度とあんなことは許さない。許してたまるものですか！　それに、J・Tが黙っていない。わたしを必ず守ると約束してくれたのだ。彼を信じるのよ。彼の力を信じなければ。

ああ、J・T。わたしはあの人の手に命をゆだねた。心も捧《ささ》げた。それでも完全には信じられない。彼が永遠の約束をしてくれないかぎり、未来を信じることはできない。ナバホの居留地に隠れていれば、プロットに見つからずにすむのだろうか？　もしプロットが追ってきて、J・Tと対決したらどうなるの？　J・Tはあの男を殺すほかないかもしれない。

ジョアンナは震えた。先にFBIが逮捕しないかぎり、ふたりの対決は避けられない。素直な気持ちを言えば、勇敢にも命をかけて守ろうとしてくれる恋人がいることを誇らしく思う。でも心のどこかに、自分自身の手でプロットの心臓を切り裂いて禿鷹《はげたか》に食べさせてやりたいという気持ちも潜んでいた。

胃がむかむかしてきた。舌に苦みを感じる。涙がこみ上げてきた。

ドアがゆっくり開いた。ジョアンナははっとして振り向き、戸口に立っている人影を見つめた。叫びそうになるのを下唇を噛んでこらえた。

薄いカーテンを通して、淡い月の光が客用寝室に差しこんでいる。J・Tはベッドが空なのに気づき、室内を見まわした。

「ジョー？」小声で呼んだ。窓際の椅子にジョアンナがうずくまっているのが見えた。

ジョアンナは涙をのみこんだ。返事をしようとしたが、できなかった。J・Tはドアを閉め、そばまで行って膝をついた。

「どうしたんだ、ハニー?」

ジョアンナはうつむいた。長い真っ赤な髪が顔を隠した。J・Tはその髪に手を入れて、ゆっくり指でかき上げた。

「ぼくも眠れなかったんだ。ここに来ることばかり考えていた。きみを抱きしめたかった」J・Tはジョアンナを抱き寄せた。「ジョー、ぼくを頼ってくれ。ひとりで耐えなくてもいいんだよ。そばにいてほしいかい? それとも、いないほうがいいか?」

ジョアンナはJ・Tにしがみついた。J・Tは大きな体でジョアンナを受け止め、膝にのせて椅子に座った。ジョアンナは一瞬息をのんだあと、彼の胸に顔を埋《うず》めて泣きだした。

「行かないで……お願い……そばにいて」静かだが、切羽詰まった声だった。

J・Tはジョアンナの背中をさすり、頬にキスしてささやいた。思いきり泣くといい、怒ればいい、怖がればいい、と。

ジョアンナを抱きしめて、感情をすべて吐き出させようとした。彼女が泣き疲れると、抱き上げてベッドに運んだ。大きなオークのベッドの中央に下ろし、自分も隣に座って、また彼女を抱きしめた。

「あのことをぼくに話してみないか?」

「もう忘れたと思っていたわ」ジョアンナはJ・Tにもたれかかった。「何をされたのか、いちいち話さなければならなかったの。警察、カウンセラー、弁護士、セラピスト……きわめつけは、法廷で陪審員たちに、レニー・プロットの見ている前で」

「きみは立派だよ。とても勇気がいったろう」

「あんな男、死ねばよかったのよ！」ジョアンナは安心感がほしくて、J・Tに抱きついた。

J・Tはどんなに抱きしめても足りない気がした。完全に包みこんで自分の一部にしたかった。「プロットには死がふさわしい」

「わたしが証言台に立ったのは、メロディやクレアやリビーと同じ理由だったわ。犯人に罰を与え、二度とほかの女性を傷つけないようにしたかったの。でも今、メロディは殺され、クレアは行方不明になっている」

「理不尽だな。人生にはときどき筋の通らないことがある」

「FBIが早く見つけて止めてくれないと……プロットはまた――」

J・Tはジョアンナの唇を指で押さえた。「やめるんだ、ハニー。考えるんじゃない。そんなことは起きないよ。FBIはきっと見つける」指で彼女のあごから首をなぞった。

「でも、もし見つけなかったら――」

「そのときはぼくがプロットを殺す」

「あなたに人殺しはさせたくないわ」ジョアンナはJ・Tから離れ、姿勢を正した。そして目を閉じ、自分を抱きしめるように胸の前で腕を組んだ。「だれかがやらなければならないとしたら、わたしがやるべきなのよ。でもその勇気があるかどうか……」

「事件の夜、もし可能だったら、プロットを殺していたと思うかい?」

「ええ、もちろん、絶対に」ジョアンナは両手で顔をおおった。

J・Tは震えるジョアンナの背中にそっと手をかけた。ジョアンナは涙をぬぐってからJ・Tを見た。

「わたしは殴られたり……触られたりしながら……ずっと考えていたの。銃さえあれば……ナイフをもぎ取る力さえあれば、って。ええ、それがあったら絶対に殺していたわ」

J・Tはジョアンナの背中をなでていたが、抱き寄せはしなかった。どうなぐさめていいのかわからずに、ただ待っていた。今夜、ジョアンナは人生でいちばん恐ろしい夜のことを思い出した。J・Tにはプロットがしたいまわしいことを聞いてやるしかできない。しかし、自制心を失わないで聞き続ける自信はなかった。すでにプロットを八つ裂きにしてやりたくてうずうずしている。

「もちろんわたしは抵抗したわ。あの男はそれをおもしろがっていた。わたしを殴ったの。したたかに」ジョアンナは泣きそうになるのをこらえた。「最初はみぞおちだった。殴られたことなんかなかったから、不意を襲われたわ。ものすごく痛かったわ」

それ以上話さないでくれ、とJ・Tは懇願したかった。警察の報告書の写しを読んだが、耐えられないほど生々しかった。

「あまりの痛みに体を折り曲げると、あの男はわたしを床に突き倒して蹴《け》ったわ」話していくうちに声が平板になり、顔が暗くなった。うつろな目で宙を見つめている。「服を脱がされそうになったとき、わたしはいっそう激しく抵抗した。今度は顔を殴られたわ。何度も何度も。わたしは……死ぬかと思った。そのあと覚えているのは、服を引き裂かれ、体じゅうをなでまわされたりわしづかみにされたり、殴られたりしたあげく」ジョアンナはのどを押さえた。「切られたことよ」

J・Tは歯を食いしばった。胸が張り裂けそうに痛んで、大声でわめきたいのを必死でこらえた。

「そしてついに……プロットが……。わたしは死にたかった。死なせて、と神に祈ったわ」ジョアンナはベッドカバーを握りしめた。「でも体が離れたとき、もう一度神に祈ったわ。この男を殺すまで、どうかわたしを生かしてください、と」

もうやめてくれ！　J・Tは心の中で叫んだ。これ以上聞いていられない。しかし、聞くだけでもつらいのだから、ジョアンナはどんな気持ちでいるだろう？　今までどれほどの苦しみに耐え、今この瞬間も耐えていることか！

J・Tはゆっくりと慎重に、このうえない優しさをこめてジョアンナの体に両手をまわした。彼女がするりと逃げられるだけのゆとりをもたせて。そして、こめかみに軽くキスした。何度も何度も。額に、頬に、あごに。「抱きしめてもいいかい？」腰にまわした手に力をこめながら彼はきいた。「このベッドで、きみの隣でひと晩じゅう抱きしめていてもいいかい？　ぼくが信じられる男だということをわかってほしい。ぼくといれば安全だということを、だれにも傷つけさせないということを示したい」

ジョアンナはJ・Tの優しさに身を任せた。言葉の中に真実を感じた。彼は安心感を与え、安全を約束してくれる。プロットの脅威から守ってくれる。抱きしめて、情熱を感じさせてくれる。でも、愛は与えてくれない。愛というものを知らないのだから。わたしはJ・T・ブラックウッドのつかの間の恋人にはなれるかもしれない。アナベルがベンジャミンの恋人だったのと同じように。そしてきっとアナベルと同じように、結ばれることのない男性に恋をしたまま死ぬのだろう。

12

J・Tは五歳のときに祖父のジョン・トーマスに引き取られて以来、三度しかナバホの居留地を訪れていない。母が危篤になったときと、葬式のとき、それからエレナを迎えに来たときだ。今、何年ぶりかで自分の生まれた場所に戻ってきた。ジョアンナをここでかくまうというエレナの提案は完璧《かんぺき》に思えたが、妹には別の目的があることもJ・Tにはわかっていた。居留地にいれば、彼がナバホに親しみを持つだろうと期待しているのだ。

J・Tはジョアンナの道案内でホワイトホーン一家の住まいをめざしてジープを走らせた。やがて彼らのトレーラーハウスが見えてきた。暑い朝の日差しを受けて車体が光っている。J・Tは家畜用の囲いの前でジープをとめた。黒い目をした少年が子羊を抱いて囲いの柵《さく》に座っていた。少年は柵から飛び下り、大声でジョアンナの名を呼びながら駆けてきた。

「あれがエディ。ケイトとエドの長男よ」ジョアンナは言った。「エドを手伝って羊と牛の世話をしているの」

「まだそんな仕事ができるような年齢ではなさそうだが」J・Tはドアを開け、車の前をまわってジョアンナが車から降りるのに手を貸した。

エディはジョアンナに抱きついた。「もう着くころだろうってママが言ったんだ。エレナのお兄さんといっしょにマリーおばさんの家に泊まるんでしょ」エディはJ・Tを見上げた。黒い目が好奇心で輝いている。「おじさんがぼくの親戚《しんせき》？　エレナのお兄さんなのに、どうして今まで会ったことがなかったんだろう？」

エディは色あせたジーンズと白い木綿のTシャツを着ていた。あごまでの長さの黒髪が顔にかからないように、額に明るい色の布を巻いている。J・Tは幼かったころの自分を見るような気がして、もし祖父に引き取られなかったらどんな人生を送っていただろうと考えずにはいられなかった。草木の乏しいこの土地で、牧草地を転々としながら羊と牛の小さな群れを見張る手伝いをしていたのだろうか？　エレナのように部族の学校に通い、ナバホ語の読み書きを習ったのだろうか？　J・Tが今でも覚えているナバホ語といえば、ほんのわずかな単語とフレーズだけだ。ジョアンナと愛し合うたびに口にしている言葉以外は。

「そうよ、エディ。この人があなたの親戚よ」ジョアンナはエディに微笑《ほほえ》みかけ、少年が抱いている子羊をなでてからJ・Tを見た。「今まで会ったことがなかったのは、遠いジョージア州のアトランタに住んでいるからで、今回もそう長くは滞在しないわ」

トレーラーハウスのドアが勢いよく開き、赤ん坊を抱えたふくよかな女性がポーチに出てきた。大きな茶色の目をした女の子が脚にしがみついている。

「ジョアンナ！」ケイト・ホワイトホーンは階段を下りながら叫んだ。「それにJ・Tね」

彼女は遠慮がちに微笑んだ。「覚えていないでしょうけど、あなたとはマリーおばさんのお葬式のときにちょっと会っているのよ。わたしがまだ小さいころに」

J・Tはケイトに手を差し出しながら、エレナによく似ているなと思った。まるで姉妹のようだ。「いろいろご協力いただいて感謝しているよ。事情はエレナからきみとご主人に説明してあるとか」

「ええ。エドは今、仕事に出かけているの」ケイトはJ・Tと握手し、女の子の頭をなでた。「わたしにしがみついているこの小さなレディはサマー。父親に似て、はにかみ屋さんなの。こっちは……」抱いている末っ子を指した。「ジョーイよ」

J・Tは丸々と太った赤ん坊に触れてみたい誘惑に逆らえなかった。両方のほっぺたを親指と人さし指でつつくと、ジョーイはJ・Tを見上げて笑った。くしゃくしゃの黒髪とつぶらな瞳がきらきら光った。

J・Tには家族がいなかった――エレナを牧場に連れてくるまでは。しかし今でも、いろいろな意味でエレナと彼は本当の家族とは言えない。打ち解けられない原因が自分にあるのはJ・Tにもわかっている。だれの助けも借りずにひとりで生きていけと教えこまれて育ったのだ。他人を頼るのは弱虫だと。

しかし大人になるにつれ、人を遠ざけていると孤独になることに気づいた。エレナが家族なら、ケイトたちも家族だ。みんな親類で、母方の一族で、彼とジョアンナに避難場所を提供してくれた人たちだ。

「お昼をいっしょに食べていってくれるわね?」ケイトがきいた。

「ありがとう」J・Tは言った。「しかし、まず母の家に行って落ち着きたいんだ。向こうには馬を入れる囲いがあるかな?」彼はジープに連結しているトレーラーを指した。

「いいえ、ないのよ。でも、うちに小さいのがあるわ。以前はもっと馬がいたけど今は一頭しかいないから、どうぞそこを使ってちょうだい。エディに案内させましょう」

「ありがとう」J・Tが目を向けると、エディは満面に笑みを浮かべた。「ああ、それから、部族警察からだれか会いに来るはずだったんだが、もう来たかな?」

「ええ、ジョセフが来ているわ。朝早くから。あれが彼の車よ」ケイトはトレーラーハウスの横にとまっているほこりまみれの赤いピックアップトラックを指さした。

J・Tはトラックのバックミラーについている羽根に気づいた。そういえばナバホ族は車に魔よけの羽根をつけるとエレナに聞いたことがある。この警官はいまだに古い風習を守っているようだ。「今、ジョセフと言ったかい?」

「ええ。兄のジョセフよ。エレナもジョアンナも彼がここの部族警官だって言わなかったの？　今日は非番なんだけど。ジョアンナが困っていることを知って、連絡係を願い出たのよ」

「ジョセフ・オーネラルズが？」J・Tは言った。「部族警官だとは聞いていなかった」

「だれかぼくの名前を呼んだかい？」

その声にジョアンナは振り向き、ポーチに出てきたジョセフに微笑んだ。彼は大きなエプロンをはずしてポーチの手すりに放《ほう》り、大股で近づいてきた。

「久しぶりだね、ジョアンナ」ジョセフは彼女の肩に手をかけ、そのまま両腕をなで下ろして強く手を握った。「よく来てくれた。きみを守るためなら、ぼくたちはなんでもするよ」

J・Tは咳払《せきばら》いをしながら前に出て、ジョアンナの肩に手を置き、ジョセフをにらみつけた。身長はジョセフのほうが十センチほど低いが、それを感じさせないほどがっしりした体格をしている。

ふたりの男はにらみ合っていた。やがてJ・Tはジョアンナの手を握りしめているジョセフの手を、ジョセフは彼女の肩に親しげに置かれたJ・Tの手を見た。ジョアンナはジョセフから離れ、J・Tの手にてのひらを重ねた。

ジョセフは彼女の目を見つめ、うなずいて笑みを浮かべた。「昼飯を食べていかないか。うまいマトン・シチューを作ったんだ。さあ、入って」

「J・T次第ね。わたしはごちそうになりたいけれど」

ジョセフはJ・Tに手を差し出した。「いとこ同士、食事をしながら親交を深めようじゃないか」

ふたりは険悪にならないように、あまり力をこめずに慎重に握手した。「ケイトとは母の葬式のときに会っているらしいが、きみもあの場にいたのかい？」

「ああ。まだ十代だった。ぼくはエレナよりほんの少し年上で、当時はツァイルにあるナバホ・コミュニティ・カレッジの学生だったが、おばさんの葬式のために帰ってきたんだ」

「申し訳ないが、ぼくはきみたちを覚えていないんだ」J・Tはカウボーイハットを取って髪をかき上げ、また帽子をかぶった。「あの日のことはあまり記憶になくてね」ただ、自分がとても場違いに感じたことだけは覚えている。彼は部外者だった。マリー・グレイマウンテン・ネボイヤは実の母親だとはいえ、J・Tにとっては他人も同然だった。エレナから真実を聞くまで、彼は母親が喜んで息子をジョン・トーマスに渡したのだと思っていた。それは祖父の語った多くの嘘《うそ》のひとつにすぎない。しかし、今でもJ・Tの心の中には、ナバホの母と白人の祖父の両方を憎んでいる少年が生きている。真実を知ることと、それを気持ちのうえで受け入れることはまったく別なのだ。

「さあ、女性たちには家に入ってもらって、ぼくは馬を入れるのを手伝おう」ジョセフが言った。「それからみんなで食事をして、そのあときみはマリーおばさんの家にジョアンナを連れていけばいい」

J・Tはジョアンナの肩をつかんだ。「それでいいかい?」

ジョアンナはうなずき、ケイトに続いてポーチを上った。

「ジョアンナ?」ジョセフが呼んだ。「きみがここにいる間に絵のモデルになってあげよう。次の非番まで待たないといけないけど」

「すてき」ジョアンナはJ・Tの目を避けて言った。

「ペインティッド峡谷に連れていってあげるよ。きれいな場所だから、いい背景になる」

「ジョアンナが行くところには、ぼくもついていく」J・Tが言った。

「もちろん、わかっているさ」ジョセフは大きな手をJ・Tの肩に置いた。「ボディガードなんだから、いつもそばにいるのは当然だ」

「さあ、食事の支度をしましょう」ケイトがジョアンナをせかしてトレーラーハウスに呼び入れた。

ケイトはジョーイを幼児用の脚の高い椅子に下ろし、サマーにコップとスプーンを持たせてキッチンの床の中央に座らせた。

「J・Tの恋人になったのね?」ケイトがきいた。

ジョアンナは驚いて目を見開いた。「え?」

「それぐらいわかるわ。ジョセフも気づいているわよ。だからわざとJ・Tにやきもちを焼かせようとしているのよ。あなたが彼を選んだのが気に食わなくて」

「ケイト、わたしはジョセフが大好きよ――」

「でもJ・Tを愛している？　どういうわけか、意思とは裏腹に、石のような男性に恋をしたのね？」

「エレナに聞いたのね？」

「J・Tは頑固で不幸な人だけど、あなたが現れたので、彼女は期待をかけていると言っていたわ」

「J・Tに期待をかけていいのかどうか、ときどきわからなくなるの。彼は本当の自分と向き合おうとはせず、お母さんやおじいさんを恨んでいるのよ」

「おそらく人を愛するとか許すといった感情がないのね」ケイトは食器棚の扉を開けてスープ皿を出した。「わたしは、あなたが義理のお姉さんになってくれたら、それも悪くないと思っていたの。ジョセフは優しい夫、優しい父親になると思うわ。J・T・ブラックウッドがそうなると言える？」

「わからないわ。でも、それは問題じゃないわ」ジョアンナはスープ皿を受け取ってテーブルに並べた。「彼を愛する気持ちは変えられないもの」

「手や顔はここで洗えばいい」馬を囲いに入れたあと、ジョセフはJ・Tをトレーラーハウスの横にある水道のそばに連れていき、シャツのボタンをはずして勢いよく顔を洗った。浅黒いのどや筋肉質の胸に水が伝って落ちた。

J・Tはいとこ――ベンジャミンのもうひとりの曾孫《ひまご》をじっと眺めていた。洗練された男であろうとする気持ちが消えていくようだった。J・Tはカウボーイハットをさびたポンプの上に放り、黒い眼帯を上げて、頭も顔も洗った。

「他人をねらった銃弾を受けて失明したそうだな。エレナに聞いたよ」ジョセフが言った。「勇敢だな」

「任務を遂行したにすぎない」J・Tはシャツのボタンをはずし、ほてった胸を水で冷やした。「警官ならわかるだろう」

「きみは優秀なボディガードだ。死んでもジョアンナを守るつもりだろう?」

「きみたちがつき合っていたことは彼女が話してくれた」J・Tは太陽を仰いで、乾いた熱気を浴びた。「特別な関係ではなかったらしいが」

「それは彼女の選択だ、ぼくの気持ちじゃない」ジョセフは蛇口を閉めて、J・Tに向き合った。「きみたちは特別なのか? 将来の約束をしたのか?」

J・Tはジョセフを見つめた。この男は喜んでジョアンナの恋人になっていたはずだ。彼女がナバホの男との恋を夢見ていたなら、なぜジョセフを受け入れなかったのだろう?

若くてハンサムで、見たところ善人そうなのに。「ぼくとジョアンナの仲がどうでも、きみには関係ない」J・Tは背中を向けて歩きだした。

ジョセフはあとを追い、肩に手をかけた。「待てよ」

J・Tは足を止めたが、振り向かなかった。

ジョセフは手を離した。「彼女には父親も兄もいないから、かわりにぼくがきかせてもらおう」J・Tが黙っていると、ジョセフはうなるように言った。「ジョアンナは愛することを恐れない男と結婚すべきだ。きみは彼女の望みをかなえられるのか？」

J・Tは全身をこわばらせた。「ジョアンナはぼくの女だ。それだけを覚えておいてくれ」彼はまた歩きだし、トレーラーハウスに入るまで一度も振り返らなかった。

ジョアンナにはJ・Tとジョセフの間に何か起きたのがわかった。昼食をとりながらジョセフは陽気に会話しようと努力しているのに、J・Tはほとんどしゃべらず、何かきかれたときだけそっけなく答えていた。ケイトの家からマリーの家に向かう間も、ひと言も口をきかなかった。ジョアンナは話しかけなかった。どんな返事が返ってくるか不安だったからだ。

J・Tは小さな木造小屋の裏でジープをとめた。小屋の板壁はペンキがはげ落ち、南側にある裏口のポーチの床板は何枚か腐っている。

車を降りてもJ・Tはジョアンナに手を貸そうとはしなかった。ジョアンナは気にせずジープの後ろにまわった。ハッチバックを開けたとたん、J・Tが手をつかんだ。

「放っておけばいい。荷物はあとでぼくが取りに来る」J・Tはジーンズのポケットから鍵《かぎ》を出すと、ジョアンナを引きずるようにして家に向かった。

ジョアンナは精いっぱい抵抗した。「どうしたの？　何が気に入らないの？」

J・Tはいきなりジョアンナを引き寄せ、燃えるような目で見つめた。そしてそのまま抱き上げてポーチの階段を上り、玄関の鍵を開けてドアを蹴《け》った。掃除はされていても、空き家特有のかび臭さが鼻をついた。居間の窓にカーテンはなく、室内のごく一部に午後の陽光が差している。

玄関ドアが大きく開き、部屋全体に金色の光が満ちた。J・Tはジョアンナをゆっくり下ろした。激しい怒りを必死でこらえているようだ。

「J・T？」

「何も言うな。ジョー、きみがほしい。今すぐに」J・Tはジョアンナの唇を口でおおい、むさぼるようにキスした。

ジョアンナは体が反応するのを抑えられなかったが、J・Tに優しくしてもらえないのもわかっていた。でも、怖くはない。今回は自分が与える番なのだと本能的に感じていた。

彼が何を苦しんでいようと、癒《いや》してあげられるのはわたしだけなのだ。

　J・Tは彼女のブラウスのボタンを手早くはずした。レースに包まれた胸に顔を埋《うず》めながらホックをはずし、ブラジャーもブラウスも取り去った。

　J・Tがジョアンナのジーンズのファスナーに触れると、彼女もあわてて彼のファスナーを下ろした。突然火がついたように彼がほしくなった。彼に喜びを与え、ひとつになって溶けてしまいたい。

　彼はジョアンナのジーンズとショーツを脱がせると同時に彼女の体を抱き上げ、壁に押しつけた。厚い胸板に圧迫されて、ジョアンナはうめいた。

　J・Tはジョアンナのヒップを両手で抱えこみ、自分の高まりを押しあてた。ジョアンナはJ・Tの首に抱きついた。口の中に彼の舌が入ってきた。

「愛しているわ、J・T」ジョアンナは唇を少し離してささやいた。「あなただけを。いつも」

　J・Tはジョアンナの両脚を自分の腰に巻きつけ、彼女の中に入ってきた。ジョアンナは彼の肩をつかんで喜びの声をあげた。天国と地獄を同時に味わっていた。歓喜と苦痛を。

　J・Tは彼女のヒップを支えて、体を動かした。ジョアンナを奪った。

　J・Tの欲望は最高潮に達し、彼女の中ですべてを解き放ったとき、かつてないほど深い満足感を覚えた。ジョアンナもその瞬間、喜びが堰《せき》を切ったように突き上げてきて、あまりに強烈な感覚に死んでしまうかと思った。

燃えつきたあとも、ふたりはしっかり抱き合ったまま、体の中の最後のさざ波が消えるまで、お互いの唇を求めた。

ジョアンナを床に立たせながら、J・Tは背中を愛撫《あいぶ》した。「すまない、もし――」

ジョアンナはすばやくキスで彼の口をふさいだ。「満足している?」

「言うまでもないだろう」J・Tは頬をすり寄せた。「こんなことをして、ぼくを憎んでいないか?」

「これほど激しく求められて、憎むはずがないでしょう。これがどういうことか気づかないと思っているの?」

「どういう意味だい?」

「あなたは所有権を主張したのよ。わたしがあなたのものだということをジョセフに知らせたわ。そのうえ、わたしにも念を押したかったんでしょう」

「まるでぼくが嫉妬《しっと》に狂っているようじゃないか」

ジョアンナは彼の頬をなでた。「いいえ、あなたは恋人をとられたくなかっただけよ」

J・Tはジョアンナの肩をつかみ、愛らしい顔と美しい裸体を眺めた。「なぜ彼じゃなくてぼくなんだ? 彼もベンジャミン・グレイマウンテンの曾孫だ。それに、きみの望むものをすべて与えてくれる。結婚、子ども、〝永遠の愛〟」

「ジョセフだったらよかったのにと思う気持ちもないわけではないわ」ジョアンナはつぶやいた。

Ｊ・Ｔの指が彼女の柔らかな肌に食いこんだ。「だったら、なぜ彼を選ばないんだ？　わかるように話してくれ」

「自分でもわからないのに、話せるはずがないでしょう？　ただ、ジョセフにはあなたに感じるようなものを感じなかったわ。あの日、ワシントンにまたがっているあなたを見た瞬間、なぜかわたしは自分が生きていることを実感したの」ジョアンナは彼の首から肩をなで下ろし、たくましい腕をつかんだ。「それに、太鼓の音が聞こえたわ。ベンジャミンといるときにアナベルが聞いたような太鼓の音を」

「ジョセフといても聞こえなかったんだな？」

「ええ、一度も」Ｊ・Ｔの男らしい顔に安堵《あんど》の表情が浮かぶのを見て、ジョアンナの心はいとしさでいっぱいになった。「あなたに見られると、わたしは震えるの。触れられると粉々になってしまう。そしてあなたに抱かれ、あなたが入ってくるのを感じると、嬉《うれ》しくて死にそうになるの」

「ハニー、そんなことを男に言うものじゃない。見てごらん」

Ｊ・Ｔの体はまた欲望に張りつめていた。「あなたはどんなふうに感じるの？」ジョアンナは彼の胸からおなかに手を這《は》わせ、高まりにそっと触れた。

J・Tは大きく息を吸った。「二十歳に戻ったような気がしてくるよ」ジョアンナの手を取って動かし方を教えたが、すぐにやめた。「だめだ、我慢できない。ベッドに行こう」

彼は玄関に鍵をかけてから、ジョアンナを抱き上げた。最初のドアを通って左に行くと、暗い小さな部屋があった。古い鉄のベッドがふたりを待っていた。チェストの上の花瓶に野の花が生けてある。

J・Tはジョアンナをベッドに下ろし、服を脱いで彼女を見つめた。「きみを見ていると、ぼくの心は欲望に震える」彼はジョアンナに体を重ねた。「きみに触れると、ぼくは粉々になる」彼女の脚を広げ、ゆっくりと導かれるようにして入った。「そしてきみの中に入ると……」深く激しく動いた。「嬉しくて死にそうになる」

最初のようにがむしゃらではなかったが、二度目のほうが喜びはさらに大きく、余韻は長く続いた。

J・Tは母親の家の外に立ち、朝の澄みきった青空を背景に、石の柱のように突き出ている遠くの岩山を眺めていた。エレナの話によれば、母は厳格なナバホの家庭で育ったらしい。白人の牧場主の息子と恋をして、両親を悲嘆に暮れさせた。

J・Tに祖父母たちの記憶はなく、エレナから名前を聞いても顔が浮かばない。ただ、幼いころに聞いた歌声は覚えている。それがきっとおばあさんよ、とエレナは言った。祖母はエレナにもよく歌ってくれたそうだ。

J・Tは家を振り返った。ジョアンナはもう起きただろうか？　それともまだぼくのにおいを肌につけたまま裸で眠っているだろうか？　彼はこれまで女性とひとつ屋根の下に住んだことはない。特別な関係になるのがいやで、拘束されない短期間の交際しかしてこなかった。だが、ジョアンナは違う。これほど嫉妬したのははじめてだ。彼女にほかの男が触れる場面を想像するだけでむかむかする。

もうコーヒーができているころだろう。とりあえずカフェインが必要だ。J・Tは顔をこすりながら考えた。コーヒーを一杯飲んだら、シャワーを浴びてひげを剃《そ》ろう。この家にはバスルームはひとつしかない。ジョアンナといっしょにシャワーを浴びてもいい。彼女を起こし、もう一度愛を交わしてからバスルームまで抱いていくのも悪くないな。

考えただけで体が高ぶってきた。おまえはもう三十七歳だぞ。赤毛の小柄な女のために四六時中興奮している年でもあるまいに。

J・Tはさわやかな朝の空気を深々と吸いこんだ。思いきり腕を上げて、背中と腰の筋肉を伸ばす。四十メートルぐらい先にある、屋根を泥でおおった石造りの住居《ホーガン》が目を引いた。母はあのホーガンで生まれたのだとエレナから聞いた。ホーガンのそばに板ぶきの粗末な小屋が残っている。母はそのまた母親と同じように、あの中に座って複雑な図柄の敷物を織っていたのだろうか？

一キロほど先から一台の車が土煙をあげながら近づいてきた。J・Tは緊張した。こんなに朝早くやってくるのは親戚のだれかにちがいないと思ったが、油断はできない。彼はジープからライフルを取り出し、訪問者を待ち受けた。

ジョアンナが玄関を開けて出てきた。「J・T?」

はっとして振り向くと、ジョアンナは彼のシャツをはおっただけだ。「中に戻れ、ハニー。それに、何か服を着ておいで」

「どうかしたの?」

「おそらくなんでもない。しかし、はじめての客をそんな格好で迎えたくないだろう?」

ジョアンナはうなずいて中に戻った。土煙はどんどん広がり、希薄になってくる。突然、ジョセフのトラックだとわかった。いったい何をしに来たんだ?

ジョセフはジープの後ろにトラックをとめた。笑みを浮かべて車を降りると、J・Tに近づきながらナバホ語で挨拶《あいさつ》した。

「ヤッアトッエエー」

「すいぶん早いな」J・Tは若くてハンサムないとこをにらんだ。

「ジョアンナに知らせたいことがあってね。これは職務だよ」ジョセフはちらっと家を見た。「まだ寝ているのかい?」

「知らせたいこと? プロットに関する情報か?」

「まあね」玄関ドアが開いたのに気づいて、ジョセフは顔を上げた。「やあ、ニズホーニー。いいニュースを持ってきたよ」

J・Tはジョアンナを見て息をのんだ。いとこが呼びかけたとおり、実に美しい《ニズホーニー》。髪をポニーテールに結び、化粧をしていない顔に赤い巻き毛が揺れていた。ゆったりした縞模《しま》様のカフタンが体の線を隠している。J・Tがよく知っているあの体を。

J・Tはジョセフの肩をつかみ、低い声で言った。「ジョアンナにニュースがあるなら、どんなことでもまずぼくに知らせてくれ。いいな。これからは携帯電話に連絡してくれ。番号は知っているはずだ」

「どんなニュース?」ジョアンナは走って出てきたが、J・Tの怖い目を見て立ち止まった。

ジョセフはJ・Tから離れ、上半身裸のいとことジョアンナを交互に見た。「クレア・アンドルースが見つかったよ。元気だ」

「まあ、よかったわ。中に入って詳しく話して」

ジョセフが躊躇《ちゅうちょ》していると、J・Tが言った。「朝食でも食べていけよ」

ジョセフはふたりについて家に入り、居間を抜けて、狭いが小ぎれいなキッチンに入った。

「クレアはどうやってプロットから逃れたの?」ジョアンナは陶製のマグカップを出しな

がらきいた。

「彼女は誘拐されていなかったんだ」

「えっ?」ジョアンナとJ・Tが同時に言った。

「怯《おび》えるあまり、こっそりと身を隠したらしい。しかし落ち着いて考えてみると、みんなが心配しているだろうと気づいた。そこで母親に電話して無事を伝え、母親からFBIに連絡があった。クレアは今カリフォルニアにいるが、正確な場所は知らせたくないそうだ」

「でも、プロットに見つかるかもしれないわ。警護してもらわないと。それがわからないのかしら?」ジョアンナは熱いコーヒーを三個のマグに注《つ》いだ。

「プロットに捜し出せるなら、FBIにも捜し出せるんだよ」J・Tはジョアンナの頬をなでた。

「では、FBIが先に見つけることを祈りましょう」ジョアンナは目を閉じ、J・Tの手に頬を押しつけた。

J・Tにはジョアンナの考えていることがよくわかった。不安を取り除いてやりたいが、今は待つしかない。プロットがFBIに逮捕されるのを、あるいはジョアンナを追ってくるのを。もちろんFBIが逮捕してくれればジョアンナも安心するだろう。しかし、J・Tは心のどこかで、彼女に残虐な仕打ちをした怪物との対決を望んでいた。

13

J・Tは背後からジョアンナを抱き寄せた。「アヨイゴ・シル・ホーズホー」

ジョアンナはもたれかかって首をかしげ、小声できいた。「今、なんて言ったの？」

「いっしょにエディからナバホ語を教わっているだろう。ちゃんと授業を聞いていないのか？〝ぼくは幸せだ〟と言ったんだ」J・Tはベビーベッドに寝ているジョーイ・ホワイトホーンに目をやった。ジョーイはぷっくりした小さな親指をしゃぶっている。J・Tはみぞおちのあたりに奇妙な痛みを感じた。今まで自分の子どもを持つことなど考えたこともないし、実際、ほしくもなかった。しかし、ケイト夫婦の子どもたちと知り合い、ジョアンナが世話する様子を見ているうちに、家族について考えるようになった。ぼくはどんな父親になるのだろう？　J・Tには手本がない。実の父親は知らないし、親のような存在だった祖父のことは嫌悪している。

「エディがあなたに授業をしている間、わたしは絵を描《か》いているのよ。忘れたの？」

「忘れるものか。ぼくがモデルなんだから」

ジョアンナはJ・Tの手を引いてそっと部屋を出ると、少し隙間《すきま》を開けてドアを閉めた。居間に入ったところでJ・Tの腰に腕をまわした。

「ジョセフがモデルになってもいいと言ってくれたわ。あなたがいやなら、彼に頼んでもいいけど」

「冗談じゃない」J・Tはジョアンナを強く抱き寄せ、顔と首筋に何度も熱いキスをした。「きみのモデルをする裸のナバホの勇士はぼくだけだ」

「ジョアンナは裸のJ・Tを描いてるの?」エディが妹のサマーを連れてキッチンの戸口に立っていた。

エディはJ・Tがナバホ語を話せないのを知って驚き、この四日間、毎日教えに来ている。土曜日には子どもたちの世話を引き受けて、エドとケイトにギャラップの町でゆっくりしてもらおうとジョアンナが言ったとき、J・Tは反対した。居留地に隠れている理由を思い出させようとしたが、プロットもすぐにはここを見つけられないだろうと押し切られ、しぶしぶ子守りを手伝うことになったのだ。

J・Tはうなった。「きみたち、外で遊んでいたんじゃないのかい?」

「そうだよ。でも、のどが渇いたってサマーが言うから、水を飲ませに来たんだ」エディはサマーの手を引いて居間に入ってきたが、突然立ち止まってJ・Tを見た。「ねえ、J・Tもおあいこにジョアンナの裸を見たの?」

ジョアンナは吹き出しそうになり、あわてて口を手で押さえた。J・Tは咳払《せきばら》いした。彼は子どもについて何も知らない。今回ジョアンナを連れて居留地に来るまで、まわりに子どもがいなかったのだ。エディの質問にどう答えればいいのかわからない。

「わたしが画家なのは知っているわね？」ジョアンナは言った。

エディはうなずいた。「だから？」

「わたしは大学で美術を勉強したの。美術の授業を受けている学生はみんな、ときどき裸の人の絵を描くのよ。そうやって、人間の体の描き方を学ぶの」

「本当？」エディは顔をしかめ、頭をかいた。「ぼくもナバホ・コミュニティ・カレッジに行って美術の授業を受けたら、だれかの裸を見るの？」

J・Tは〝こうなったのはきみのせいなんだから、けりをつけろよ、ハニー〟とでも言うように、にやにやしながらジョアンナを見た。

ジョーイの泣き声がした。おかげでジョアンナは答えを考えなくてすんだ。「ちょっと見てくるわ」

「おなかすいた」サマーがぐずった。「夕食はまだ？」

「ジョーイを見ておいで。こっちはぼくが引き受けるから」J・Tが言った。

「アイスクリームを食べていい？」エディがきいた。「ママが冷凍庫に入れてあるんだ」

「果物にしなさい」ジョアンナが廊下から叫んだ。「りんごなら一個ずつあげるけど、アイスクリームは夕食が終わるまでだめよ」

「つまんないの」子どもたちは声をそろえてぼやいた。

ジョアンナはジョーイのおむつを替えてやり、居間に連れてきて、窓際の揺り椅子に座って子守り歌を歌った。ジョーイはうとうとしかけるものの、兄と姉の声が聞こえるたびにぱちっと目を開けて起きていようとする。

J・Tはエディとサマーに一個ずつりんごを放《ほう》り、ふたりをポーチに誘った。階段に腰かけるとサマーが彼の膝に這《は》い上がり、エディは横に座った。

「お話しして、J・T」サマーが言った。大きな茶色の目で見つめられると、断りきれない気がする。

「知らないんだよ」J・Tは正直に言った。「エディはどうだい？　何かお話ができるかい？」

「知らないってどういうこと？」エディがきいた。「アスジャッア・ナドレエエとふたりの息子の話は聞いたことがあるでしょう？」

「そのアスジャなんとかいうのはだれだい？」

「〝変わる女〟だよ、ぼくたちの祖先の。ほんとに知らないの？　J・Tはナバホ語もしゃべれないし、〝変わる女〟のお話も聞いたことがないんだね」

「ぼくにその人の話をしてくれないか？」

エディは〝変わる女〟とその夫の太陽、そしてふたりの間にできた息子たちの伝説——幼いころから両親が幾度となく話してくれた物語を熱心に語った。J・Tは耳を傾けながら、もっとナバホの伝説を知りたいと思った。いや、本当は、自分が半分ナバホであることを、居留地で暮らす人々と同じ血を引いていることを否定したかった。

何時間か過ぎて日が暮れ、下の子ふたりが眠ると、エディはJ・Tといっしょに家畜の見まわりをすませてから寝室に行った。ようやくふたりきりになったとき、J・Tとジョアンナは居間のソファに座りこんで顔を見合わせた。

「これほど疲れたのは久しぶりだよ」J・Tは言った。「あの三人にはほとほとまいったな」

「ほんとね」ジョアンナも同感だった。

「まるで一日じゅう〝二十の質問〟をやっていたみたいだ。子どもはなんでも知りたがるからな。ケイトとエドはどうやって相手をしているのかな?」

「太古の昔からすべての親がやってきたのと同じようにやっているんだと思うわ。最善をつくして、あとは天に祈るだけじゃないかしら」

ジョアンナは靴を脱ぎ、J・Tの膝に足を投げ出した。その足の甲をJ・Tがもみ始めた。ジョアンナはため息をついた。

「いつか子どもがほしいわ」

「ふうん」J・Tはジョアンナの足首をさすった。

「あなたもそう思ったことがある?」

「ぼくはろくでもない父親にしかなれないだろう」

「どうしてそんなふうに――」電話が鳴り、ジョアンナは言葉をのみこんだ。体が震えた。

「大丈夫、ぼくの電話だ」J・Tはケイトの買い集めた陶器類が所狭しと並べてある飾り棚まで行き、そこに置いておいた携帯電話を取った。「ブラックウッドだ。そうか。いつ? 彼女は無事か? プロットは?」

ジョアンナはJ・Tのそばに駆け寄り、彼の腕をつついて声を出さずにきいた。〝だれ?〟

「ちょっと待ってくれ」J・Tは電話の相手に断ってから彼女に告げた。「デイン・カーマイケルだ」

手短に電話を終えると、J・Tは携帯電話を棚に戻して、ジョアンナの額にキスした。

「何があったの?」

「プロットがリビー・フェルトンを見つけた」

ジョアンナは息を止めた。「まさか。それで? リビーは――」

「無事だ。ただ、ひどく動揺しているらしい。彼女を守るために夫とFBI捜査官が撃たれたそうだ」

「ご主人は亡くなったの？　捜査官は？」

「いや、ふたりとも病院にいる。リビーの夫は軽症だ。捜査官は重態だが、命は助かりそうだ」

「い……いつそんなことが起きたの？」

「今日の未明だ」

「プロットは捕まらなかったのね？」

「ああ、逃げられた」

「そんな事件を起こしたすぐあとにテキサスに戻るとは考えられないわ。クレアの居場所を探すには時間がかかるでしょうから。つまり……次はニューメキシコね。プロットはあの牧場に来るのよ」

「ぼくたちがここにいることを知っている人間はわずかだ。彼らがもらすはずはない」

「でも、きっと見つけるわ。なんとしてもわたしを捜し出すつもりよ」

「今、デインが捜査官の増員を要請している。トリニダッドにＦＢＩが集結するんだ。プロットに逃れる道はない」

「だといいけど。本当にそうなってほしいわ」

　Ｊ・Ｔも同じ気持ちだったが、それに疑問を持っていたとしても、心に秘めておいた。ジョアンナを励まし、できるだけ普段の生活をさせながら、彼自身は最悪の事態に備える覚悟を固めていた。

リビーの誘拐に失敗したあと、プロットはまるで地球上から消えてしまったようだった。どこで何を企《たくら》んでいるのか、だれにもわからない。だが、ジョアンナはもうじき彼が現れる予感がしていた。

時がたち日がたつうちに、ジョアンナとJ・Tには日常生活のリズムができてきた。ふたりは毎日馬に乗って付近をまわり、隣人たち――みんな彼の母と同じビター・ウォーター氏族だ――と知り合いになった。エディは相変わらず毎日J・Tにナバホ語を教えている。

肖像画は形になってきたが、ジョアンナはJ・Tに見せようとしなかった。反応が予測できないからだ。そこに描かれているのは、背景の景色と同じぐらい荒々しくて野性的な男の姿だった。

ふたりはいつでも愛し合った。朝、目覚めると同時に。昼、たまらない気持ちになったときに。そして夜、ジョアンナがJ・Tの肖像画におおいをかけ、闇《やみ》の中に曾祖母《そうそぼ》たちの霊が現れたときに。

ジョアンナは毎晩J・Tにアナベルの日記を読んで聞かせた。そして読み進むほどに、ふたりとも先祖の悲恋に引きこまれていった。

今夜も日記を読んでいた。ジョアンナはいつものようにみすぼらしいソファに座り、J・Tの胸に背中をもたせかけていた。彼は上半身裸でジーンズだけをはき、ジョアンナは縞《しま》模様のカフタンを着ている。J・Tは彼女の頬にときどきキスをした。

「〝ベンジャミンの息子が病気になった。幸い重くはないけれど、よい父親である彼は息子の様子を見に義理の母親のところに行ってしまった。驚いたことに、このあたりは母系社会だ。子どもは父方の氏族として生まれるが、母方の氏族の中で育つ。ベンジャミンのように妻を失った男は、自分の子どもを義理の母親に預けなければならない。

もう四日も彼に会っていないので、つらくて死にそうだ。別れる時が来たら、どうやって生きていけばいいのだろう？　わたしにとって、彼は空気のようにかけがえのない存在になっている。もし真実の愛がこれほど苦しいものだと知っていたら、なんとしてもその魔の手から逃れていたものを。嘘《うそ》よ。嘘です。今のように何もかも——喜びも苦しみも知っていたとしても、わたしは同じことをしただろう。この純粋な喜びを知らないまま死ぬほうが、よほど悲惨な人生だったにちがいない。

息子の病気が治ったら、明日ふたりの特別な場所で会おう、とベンジャミンは約束してくれた。わたしは彼に贈り物を用意した。大好きなクリスティーナ・ロセッティの詩集だ。そして、彼の黒髪をひと房切らせてほしいと頼もうと思っている。わたしの髪と編み合わせて贈るのだ。別れてもわたしを忘れないでもらうために〟」

ジョアンナは肩を震わせた。J・Tはそっと日記を閉じて、彼女の手から取り上げた。

J・Tはそれをテーブルの端に置き、卓上スタンドを消した。寝室からもれる淡い光だけがぼんやり居間を照らしている。J・Tはジョアンナを抱きしめ、首筋にキスした。

「きみはもう何度も読んでいるはずだ。なぜ毎晩声に出して読むのか、ぼくにはわからない」

ジョアンナは目を閉じ、ため息をついた。「そうしなかったら、あなたは最後まで読んでくれないでしょう。どうしてもベンジャミンとアナベルの物語を知ってほしいの。わたしと同じように感じてほしいのよ」

「ハニー、ぼくが間違っていたことはもう認めたじゃないか」J・Tはジョアンナの手を唇に持っていった。「ふたりに起きたことは悲劇だ。だが、今さら過去は変えられない。アナベルとベンジャミンは死んで、ふたりの愛も葬られたんだ」

どうすればJ・Tにわかってもらえるのかしら？　確かにアナベルとベンジャミンは死んだけれど、愛は死んでいない。愛は不滅だということがJ・Tにはわからないのだろうか？　アナベルとベンジャミンの魂は永遠に結ばれている。彼らの愛は生きている。J・Tの中に。わたしの中に。だからわたしたちは惹《ひ》かれ合ったのだ。

ジョアンナは自分をニューメキシコに来させたのはアナベルだと信じている。生きていてもしかたないと思っていた時期に、アナベルが愛に対する希望と夢に気づかせてくれた。

ジョアンナはJ・Tと出会い、彼を愛し、彼の苦悩を癒《いや》すように運命づけられていたのだ。このニューメキシコは彼の故郷で、母親の祖先も父親の祖先も、自分たちの土地を手に入れるために戦い死んでいった。その土地をJ・Tは相続した。体を流れるふたつの血を認めさえすれば、魂の安らぎを見いだせるはずだ。彼はナバホであると同時にスコットランド人であり、カウボーイであると同時にネイティブ・アメリカンなのだ。どうしてその事実を認められないのだろう？　そもそも、どちらかひとつを選ぶことなどできないのに。ジョアンナはだれよりもJ・Tを愛している。アナベルにとってのベンジャミンと同じように、J・Tは彼女の運命の人だ。

「またあの特別な場所に行きたいわ」ジョアンナは言った。「今夜……この瞬間に……わたしたちの感じている魔法をアナベルたちと分かち合いたいの」

「行く必要はない。彼らの魔法が彼らの間だけに存在していたように、ぼくたちの魔法はぼくたちだけのものだ。共有はできない」

「わたしたちにも終わりが来るのね、あのふたりの場合と同じように」ジョアンナはJ・Tから離れ、立ち上がった。

「ジョー？　ハニー？」J・Tは手を伸ばしたが、つかまえるより早くジョアンナはドアに走り寄り、鍵《かぎ》を開けてノブをつかんだ。

「プロットが死ぬか刑務所に戻るかすれば、あなたはアトランタに戻るでしょう。向こうでの仕事、向こうでの生活に。わたしはこのニューメキシコにとどまるけれど、あなたがエレナに会いに帰ってくるときだけは姿を消すわ。だって……」ジョアンナはこみ上げてくる涙をこらえた。「とても耐えられないもの」

ジョアンナはドアを開け、ひんやりした星空の下に駆け出した。満月が淡いクリーム色の光を大地に投げかけている。J・Tは彼女の名を呼びながら追いかけた。追いかけながら自分をののしった。彼女の絶望感をひしひしと感じていた。ふたりはいつまでもいっしょにはいられない。ジョアンナの言うとおりだ。終わりはいつか来る。彼女が望んでいるのは永遠、死を超えて生き続ける愛だ。しかし、彼は今しか与えられない。今しか信じられないからだ。

「ジョー、待ってくれ」J・Tは叫んだ。

だが、ジョアンナは走り続けた。J・Tが追いついて腕をつかむと、逃げようとしてもがいた。J・Tはジョアンナを地面に押し倒し、馬乗りになって両腕を押さえた。

「きみがこんなふうに悲しむのを見ていられない」キスしようとしたが、ジョアンナは顔をそむけた。「ぼくたちの間にあるものを受け入れるんだ。それが現実だ。魔法だよ。この情熱。きみの望むものとは違うかもしれないが、ぼくにはそれしか与えられない」

ジョアンナがJ・Tを見上げた。彼女の顔は月の光で金色がかって見えた。「その気になりさえすれば、あなたはなんでも与えられるわ。でも、恐れている。心のままにわたしを愛するのが怖いのよ」

J・Tは高まりを彼女に押しつけた。「なぜこれでは不満なんだ？　ほかのだれともこうはならないのに。これほどしっくりとは……」

「ああ、J・T。愛しているわ」ジョアンナは体を弓なりにそらした。

J・Tはうめき、がむしゃらにキスした。ジョアンナは身もだえしながら舌をからませた。J・Tは押さえつけていた彼女の手を放し、カフタンをいっきに脱がせると、シルクのように柔らかなその服の上に裸の体を横たわらせた。

ジョアンナは手を伸ばしてJ・Tの髪をなでた。J・Tは少しだけ体を浮かせてジーンズを下げ、足で地面に放った。

「これは魔法だよ」彼はジョアンナのヒップを持ち上げ、彼女の中に入った。「これこそ喜びだ。永遠には続かないかもしれないが、この感覚はほかのだれも得られない」

J・Tは半回転してジョアンナを上にした。大地の上で、星空の下で、ふたりはひとつになった。原始の男と原始の女が、自然界で最も根元的で本能的な儀式を行ったのだ。そしてクライマックスを迎えたとき、ふたりは大地を揺るがすほどの喜びにひたった。

J・Tは衣類を地面に残したまま、ジョアンナを抱えて母の家のベッドまで運んだ。どちらもひと言も話さなかった。静かに横たわり、互いの鼓動だけを聞きながら抱き合って、いつしか眠りに落ちた。

何時間かたってＪ・Ｔは目を覚まし、そっとベッドから出た。足音を忍ばせて居間に行き、しばらく闇の中に立っていたが、やがてテーブルのスタンドをつけ、部屋の隅に置いてあるイーゼルに向かった。ゆっくりおおいを取る。彼はうなり、目を閉じた。しかし、心に焼きついた肖像は消せなかった。一瞬彼は、ジョアンナが見るのと同じように自分自身を見たのだ。これまで彼女の愛に疑念を抱くことがあったとしても、もはや疑いはなかった。

目を開け、ジョアンナの描いた美しい高貴な男を見つめる。漆黒の直毛、引きしまった筋肉をおおっているつややかな黄褐色の肌。過去も現在も未来も包含した男。愛する者の目を通して描かれた完璧《かんぺき》な男だ。

ぼくはジョアンナにはふさわしくない。これほど純粋でひたむきな愛を受けるに値しない。彼女はなぜここまで深く愛せるのだろう？　ぼくがこうありたいと切望している姿を見抜いてしまうとは。ぼくには差し出されたものを受け入れる勇気があるか？　彼女が求めている男になる強さがあるのか？

その強さと勇気を見いださなければ曾祖父たちと同じような悲しい運命が待っているのが、Ｊ・Ｔにはわかっていた。

14

ドアベルの音を聞いて、リタ・ゴンザレスはつぶやいた。「みんな留守だよ。帰っておくれ」

リタはキッチンのカウンターにモップを立てかけ、ぬれた肉づきのいい手をエプロンでふいて玄関に向かった。またチャイムが鳴った。

「こんな朝っぱらからだれだい？」頑丈な木のドアののぞき穴から外を見る。背の高い、口ひげをはやした黒髪の男がポーチに立っていた。見覚えはないが、エレナとアレックスの友人や仕事関係者を全員知っているわけではない。リタは鍵《かぎ》をはずし、様子をうかがうようにドアを細めに開けた。

目が合うと、男は微笑《ほほえ》んで会釈した。リタの好きな笑顔だった。スーツにネクタイ姿の男性は見慣れていないが、きちんとした服装には好感が持てた。

「おはようございます。早朝からお邪魔してすみませんが、公用で来ました。グレゴリー夫妻にお会いしたいんです」彼は上着のポケットから身分証明書を出し、リタに見せた。

「わたしはユージン・ウィリス。トリニダッドのデイン・カーマイケルの下で働いているFBI捜査官です」

「カーマイケル捜査官なら何度かこの牧場に来ているね」リタは言って首を振った。「あいにくだけど、エレナもアレックスもいないんだよ。仕事で昨日、サンタフェに行ったから」

「ああ、それは残念。お知らせしたいことがあって、ジョアンナ・ボーモントの居所を教えてもらいたかったんです」

「彼女とJ・Tに連絡する方法なら、あんたの上司が知っているはずだけど」リタは疑いの目を向けた。

「はい、電話をかけてみたんですが、通じないんです。こちらのご夫妻が別の番号をご存じかと思いまして」

「故障でもしたかね、J・Tの小さな――」

「携帯電話？　ええ、われわれもそう考えました」

「だったら、部族警察に電話すればいいのに。J・Tのいとこのジョセフ・オーネラルズが警官だから、喜んで伝言してくれるよ」

「おそらくデインも、わたしの報告を待つまでもなく、それに気づくでしょう。ですが、ミズ・ボーモントにとっては朗報なので、一刻も早くお知らせしたかったんです」

「朗報？」リタはドアをいっぱいに開け、ポーチに出た。

「われわれはレニー・プロットを逮捕しました。本日未明にトリニダッドで捕まえたんです」

「まあ、よかった」リタは太い指をウィリスの顔の前に突き出した。「刑務所にぶちこんだら厳重に鍵をかけて、二度と逃げられないようにしておくれ」

ウィリスは苦笑した。「はい、そのつもりです」

「カーマイケル捜査官には、J・Tの電話が通じなかったら、部族警察のジョセフに頼むように言っておくれ」リタは指をぱちんと鳴らした。「そうだ、エレナのいとこのケイト・ホワイトホーンが居所を知っているかもしれない。ジョアンナは居留地に絵を描《か》きに行くとき、よくケイトを訪ねていたから」

「ケイト・ホワイトホーンですね。ありがとう。グレゴリー夫妻がサンタフェから戻られたら、このことを話してください」

「そうするわ」リタは彼が灰色のセダンに乗って走り去るのをポーチに立って見ていた。入れ替わりにクリフ・ランスデルが反対方向から四輪駆動車でやってきて、家の前にとまった。

「あれはだれだ？」彼は去っていく車を見てきいた。

「ＦＢＩのウィリス捜査官さ。エレナとアレックスに会いに来たんだ。例の男、レニー・

プロットを逮捕したって。だけど、それを知らせようにもJ・Tの電話が通じないらしい。どうして部族警察に連絡しないのかって言ってやったよ」

クリフは車を降り、ポーチを駆け上がってきた。「身分証明書は見たか?」

「このわたしがもうろくしていると言うのかい?」

「そんなことは思ってもいないさ」

「バッジと写真を見せてもらった。本人だったよ。黒いひげも何もかも。名前はユージン・ウィリス」

クリフはほっと息をついた。「それならいい」

「わたしは警官以外には話さないよ」リタは大きな腰に手を当てた。「それに、向こうがとっくに知っていることしか話していないし。ジョアンナが居留地にいることはFBIも承知しているんだからね」

「しかし、正確な居所は、居留地の住民のほかにはエレナとアレックスしか知らないんだ。FBIでさえも知らない」

「とにかく、けりがついて嬉《うれ》しいよ。これであの恐ろしい男は刑務所に戻る。ジョアンナも帰ってこられるし、もう怖がらなくてもよくなるからね」

ジョアンナはスケッチブックとペンを鞍《くら》袋に入れた。「今日はあまり暑くなくてよかったわ。昨日より長く向こうにいて、このスケッチを仕上げられるかもしれないもの」

「絵を描くのに太陽の光が必要なのは厄介だね」J・Tは言った。「暗闇《くらやみ》で描けるようになれば、夜の涼しい間に出かけられるんだが」

「まあ、おかしなことを言うのね」ジョアンナは帽子をかぶると、あごの下でひもを結んだ。

J・Tは鞍袋に拳銃《けんじゅう》を入れ、鞍につけてあるケースにライフル銃を収めた。そして、シャツのポケットを叩《たた》いて携帯電話を持っているのを確認してから、ワシントンに乗った。

「ケイトが週末に内輪の集まりを計画しているの」ジョアンナは言った。「今日こそ返事をしないと。どうしてもわたしたちに出てほしいそうよ。あなたを母方のほかの家族に会わせたいのね」

「もう数えきれないほどの親戚《しんせき》に会った」J・Tはワシントンをゆっくり走らせた。「ビター・ウォーター氏族の半分がここに住んでいるみたいだ。どうやらわれわれは、いとこのいとこの、そのまたいとこでさえ、親戚と呼ぶらしい」

ジョアンナは笑った。「わたしたち南部人もそうよ」J・Tはナバホ族のことを〝われわれ〟と言ったのを意識しているかしら、と彼女は思った。おそらく意識していないだろう。彼は徐々にナバホの人々と気持ちを通わせ、エディから部族の言葉や歴史を教わるのを楽しみにするようになっている。

ジョアンナはプレイタイムを急がせてワシントンに並んだ。「夜までにケイトに返事しなければね」

「ここに来たのは、ぼくが親戚とつき合うためじゃない。ＦＢＩがプロットを逮捕するまできみを守るためだ」

「でも、だれともつき合えないわけではないでしょう。わたしたちの居場所を見知らぬ人間に教える人なんかいないわ。もし見慣れない人が来てあれこれききまわったら報告するように、ジョセフがみんなに頼んであるそうじゃないの」

「きみもエレナと同じで、ぼくにナバホの血を受け入れさせたいのか？」

「あなたに幸せになってほしいのよ。そのためには、先住民の自分とスコットランド系アイルランド人の自分がいるという悩みを解決しなければ」

「まるで精神科医と話しているようだな」

「たぶんわたしがレイプのあとに何カ月もセラピーを受けたからだわ。その過程で、それまで母の言いなりに生きてきたことや、自分では何も決断してこなかったことに気づかなかったら、自立するのにどれほど時間がかかったかわからないわ」

ふたりは午後の太陽に照らされながら数キロ進んだ。ところどころにユッカやメキシコはまびしやメスキートが生えている。色彩がくっきりと鮮やかで、大地はまぎれもなく息づいていた。

ペインティッド峡谷に着くと、J・Tは数日前にはじめて来たときにジョアンナが選んだ場所を探した。そして、座って台地を見下ろせる大きな岩を見つけた。そこだとわかったのは、近くにポプラが何本か生えていたからだ。

J・Tはジョアンナが馬を降りるのを助け、荷物を下ろしてから、彼女のために毛布を広げた。「ぼくはその辺を少し歩いてくる。きみから目は離さないよ」

「あなたには退屈でしょうね」

J・Tは両手でジョアンナの顔を包んでキスした。「いっしょにいて退屈だと思ったことはない。だが、あまり近くにいると、きみの気が散るだろう?」

ジョアンナは微笑みながら鼻をJ・Tの鼻にこすりつけた。「そうね。探検してきて」

J・Tはさらに上に向かった。岩山の頂上に来ると、空に手が届くような気がした。夢中でスケッチしているジョアンナが下に見える。

「助けて！　だれか助けて！」

叫び声が聞こえた。J・Tの鼓動が速くなった。聞き覚えがある。エディ・ホワイトホーンの声だ。

「エディか?　どこにいるんだ?」

「ここだよ！」

「どこだ?」

「そうだ、しゃべり続けろ。今見つけてやるからな」

まもなくJ・Tは少年を発見した。エディは深くえぐれた狭い谷底で子羊を抱えてうずくまっていた。

「なんでそんなところに行ったんだ?」深さは五、六メートルはありそうだ。

「昨日いなくなった二匹の子羊を捜しに来たの。このこと、ママには話さないで。ひとりで来ちゃだめって言われたから」

「それで、なぜそこにいるんだ?」

「羊を見つけて下りてきたけど、抱えたら戻れないんだ。それに……ぼく、足をくじいたみたい」

「待っていろ。ジョアンナに話してくる。きみのママに電話してもらおう。きっと心配しているぞ」

「やめて、ママには言わないで」

J・Tはジョアンナを呼んだ。彼女がさっとこちらを見た。彼は手ぶりで来てくれと合図した。ジョアンナはスケッチブックとペンを置いて登ってきた。

「どうかしたの?」

「エディが谷底にいる。羊を捜しに来て、一匹見つけたあと、足をけがして戻れなくなったらしい」

「まあ、きっとケイトが心配しているわ」

「いいかい」J・Tはポケットから携帯電話を出してジョアンナに渡した。「ケイトに息子の無事を知らせてくれ。少ししたら連れて帰ると。ぼくは谷を下りてエディと羊を救い出す。電話が終わったら、ぼくが戻るまでライフルを持って待っているんだ」

「ライフルだなんて……。あの子を助ける二、三分間に何が起きると思っているの？　ここは荒れ地だし、だいいち、わたしたちが居留地にいることをプロットは知らないのよ」

「注意するに越したことはない。ライフルを持っていてくれ。ぼくを安心させるために」

「いいわ。ケイトに電話してから、取ってくるわ」


デイン・カーマイケルはトリニダッド・カフェでチーズ入りハムサンドの最後のひと口を濃いコーヒーで流しこんだ。早く事件に決着をつけたかった。この一週間あまり、夜もろくに眠っていない。遅かれ早かれプロットはトリニダッドに戻るだろうが、たぶん近いうちだとデインは感じている。リビー・フェルトンの誘拐に失敗し、クレア・アンドルースをまた捜すには時間がかかるだろうから、次にねらわれるのはジョアンナの可能性が高い。

ＦＢＩは地元警察や州警察と協力してトリニダッドを包囲している。その網からは蠅《はえ》の一匹もくぐり抜けられないはずだ。

ちょうどレシートに手を伸ばしたとき、部下のジム・トラヴィスが向かいの席に座った。

「話があります。内密に願いたいんですが。今しばらくは」

「どうした?」デインはたずねた。

「ユージン・ウィリスのことです」

「ウィリス?」

「彼は着任した日にある女性と知り合い、つき合っていました。ご存じのように、ウィリスは女好きです。向こうも彼を放《ほう》っておきません」

「ばかなやつめ!」デインはレシートを握りしめた。「なぜ今まで首にならなかったのかは知らないが、もしぼくの指揮下で問題を起こしたら、二度とチャンスはやらないぞ」

「はい、ぼくも気をつけろと言うつもりでしたが……実は今朝、食料を買いに行ったまま戻らないんです。彼女といっしょだと思います――」

「今朝の何時だ?」

「六時半ごろです」

デインは腕時計を見た。「もう十二時半だぞ」

「はい、ずっと捜していました。ぼくが見つければ穏便にすませられると思って――」

「言い訳はよせ。ふたりともこの任務からはずす。おまえたちのような部下は前代未聞だ」

ジョアンナはＪ・Ｔの携帯電話を切ってシャツのポケットにしまい、ワシントンの鞍についているケースからライフルを抜いた。ピストルを撃つのは自信があるが、ライフルの感触には慣れていない。

谷のところまで戻って下をのぞくと、Ｊ・Ｔがゆっくりとエディに近づいているところだった。

「ケイトに電話したわ。彼女、半狂乱だった」ジョアンナは言った。「とうに親戚の人たちに電話して、捜索を頼んでいたのよ」

「ライフルは持ってきたか？」Ｊ・Ｔはきいた。

ジョアンナはライフルを見せた。「ケイトにはすぐにエディを連れて帰ると言っておいたわ」

Ｊ・Ｔはこの種の谷がどんなに危険か知っているので、足場を選んで進んだ。エディが大けがをしなかったのは運がよかった。捻挫《ねんざ》ならすぐ治るだろう。

しゃーっというい やな音がした。Ｊ・Ｔの鼓動が速くなった。目だけ動かし、猛毒を持つ蛇を探した。がらがら蛇がエディのブーツの爪先を這《は》っているのが見えた。エディも見ている。顔色が真っ青だ。

「J・T?」

「しっ。動くな」エディの足に巻きつき始めた蛇を見すえたまま、ポケットのナイフを手探りで出した。

エディはつばをのみこんだ。「J・T!」

「黙って」J・Tはナイフを開いた。

子羊はエディの脇《わき》に鼻をすりつけている。上空を鷲《わし》が舞っていた。蛇は脚から腕まで這い上った。

「どうかしたの?」ジョアンナが谷の縁にへばりつくようにして叫んだ。「何を手間取っているの?」

エディの茶色の目に涙があふれた。J・Tは距離を測った。射撃ならだれにも負けないが、ナイフの腕は鈍っている。ねらいがそれるかもしれない。

蛇が攻撃の構えになった。エディは悲鳴をあげた。J・Tはナイフを投げた。刃先が蛇に突き刺さった。エディは羊を放して腕を押さえた。J・Tは急いで近寄り、ぐったりした蛇を崖《がけ》に投げつけた。

「噛《か》まれたのか?」J・Tはエディの手を腕から払いのけた。「しまった!」

「ぼく、死ぬの?」エディは唇を震わせた。汚れた頬に涙がぽろぽろこぼれた。

「いや、死なないよ。だが、大至急毒消しの注射を打たなくてはならない。羊は置いて帰ろう。あとでだれかを取りによこすから」

「約束だよ」

J・Tはうなずいた。「さあ、エディ……」J・Tはしゃがんだ。「背中におぶさるんだ」

エディは言われたとおりにした。

「ジョアンナ！」J・Tは呼んだ。「エディががらがら蛇に噛まれた。ケイトに電話してくれ。診療所に連絡して、蛇毒血清を持ってきてもらうように言うんだ。それがすんだら馬の用意を頼む！」

ジョアンナはライフルを腋《わき》の下に抱えた。ポケットから携帯電話を出したが、手が震え、番号を押そうとした拍子に地面に落としてしまった。かがんで拾いかけたとき、近づいてくる車の音が聞こえた。彼女は立って目を凝らした。はるかかなたで舞い上がっていた赤い土煙がみるみるこちらに迫ってきて、馬のいる場所から数メートルのところで灰色のセダンが急ブレーキをかけてとまった。プレイタイムがいなないた。背の高い、スーツを着た黒髪の男性が降りたとたんに、ワシントンが後ろ足で立ち上がり、次に頭を低くして前足の蹄《ひづめ》で地面を引っかいた。

「J・T！」ジョアンナは叫んだ。「だれか来たわ。黒い口ひげの男よ。灰色の車に乗ってきたの」

「ぼくが行くまで銃を向けていろ」J・Tは言った。

男が手を振った。ジョアンナは携帯電話をポケットに入れてライフルを構えた。

「撃たないでください。わたしはFBI捜査官です。名前はユージン・ウィリス」彼はどんどん近づいてくる。「身分証明書をお見せしましょうか」

「だれの命令で来たの？」ジョアンナはたずねた。

「デイン・カーマイケルです。ジョアンナ・ボーモントさんですね？」

「さあ、どうかしら」

「もしそうなら、いい知らせがあるんですよ」

「それ以上そばに来ないで。身分証明書を出してください。ゆっくりと」

「いいですよ」彼はやけに慎重に身分証を取り出して掲げ、さらに数歩近づいた。

太陽の光が身分証に反射してまぶしい。ジョアンナはまばたきした。「どんな知らせなの？」

「われわれはレニー・プロットを逮捕しました。今朝早く拘留されたので、あなたに直接ご報告するよう、カーマイケルの指示を受けてきました」

ジョアンナは大きく息をついた。「ああ、よかった。あの、ミスター……」

「ウィリスです。ユージン・ウィリス」

「ミスター・ウィリス、今、この谷の下に男の子がいるんです。毒蛇に噛まれた子が」

「お手伝いします。わたしの車を使ってください」

「ありがとうございます」ジョアンナは振り向いてJ・Tに大声で言った。「FBIがプロットを捕まえたわ。ウィリス捜査官が来ているの。車でケイトの家まで送ってくれるそうよ」ジョアンナはライフルを腰に立てかけ、携帯電話を出して番号を押し始めた。

ウィリスはいきなりライフルを奪い、ジョアンナを羽交い締めにしてのどに銃口を押しつけた。

「電話を捨てろ。さもないと首が折れるぞ」

デイン・カーマイケルはトリニダッド警察に怒鳴りながら入っていった。「待てないほどの緊急事態か？」

「市の作業員が一時間ほど前にごみ箱から死体を見つけてね」マクミラン署長は言った。

「気をもたせないでくれ。死んだのがぼくにとって重要な人間なんだな？」

「おそらくね。死体は身分を示すものを何も所持していなかった。財布も。ただ、モーテルの鍵を持っていたんだ」

「モーテルの鍵？」

「そう。トリニダッドには二軒しかないので、すぐに判明したよ。タンブルウィード・モーテルのものだ。宿泊者はあんたの部下だ」

「想像はつく。ユージン・ウィリスだな？」

「ああ」

15

「こっちは大丈夫だとブラックウッドに言え」男はジョアンナののどをライフル銃でしめ上げた。「言わないと、あいつと子どもを撃つぞ」

男はほんの少しだけライフルを離した。ジョアンナはあえいで息を吸いこんだ。のどが痛い。ばかね！　なんてばかだったの！

「ジョアンナ！」J・Tが叫んだ。「どうした？」

「妙なまねはするなよ」男が警告した。「おれも関係のない人間を傷つけたくはない。用があるのはおまえだけだ」

「なんでもないわ」ジョアンナは震える声で言った。「ぼうっとしていたの……プロットのことを聞いて」

「いい子だ」男は耳元でささやいた。「じゃあ、行こうか。急げば、だれも巻きこまずにすむぞ」

ジョアンナはうなずいた。逆らおうとは思わなかった。J・Tは武器を持っていない。

エディを連れて上がってきたら、簡単にやられてしまうだろう。

プロットがFBI捜査官に変装していたとは！　ジョアンナは見抜けなかった。黒い髪や、口ひげや、サングラスのせいだけではない。居留地は安全だと思いこんでいたのだ。プロットはどうやってここを見つけたのだろう？　だれに聞いたのかしら？

手の中の携帯電話が鳴った。プロットはライフルを腋《わき》の下にはさんで電話をもぎ取り、彼女を引き寄せた。ふたりとも電話機を見つめた。

「わかっているな？」彼はそれをジョアンナの耳に当てた。

「J・Tか？」ジョセフ・オーネラルズだった。「プロットがFBIの捜査官を殺して身分証を奪った。ユージン・ウィリスという名前だ。黒いかつらと口ひげをつけている。ジョアンナが居留地にいるのを知られた。彼女から目を離すな。カーマイケルがヘリコプターでそっちに飛んだ。ぼくも向かっている」

プロットはジョアンナの耳から電話を離し、電源を切った。「そろそろ行こうか」彼女を車まで引きずっていき、ドアを開けて押しこんだ。「もう少し生きていたかったら、じっとしていろ。ほかにだれも傷つけたくなければな」

J・Tが必死に呼んでいる。異変を感じ取ったのだ。エディを助け出したころには不安で頭がどうにかなっているだろう。彼女と〝FBI捜査官〟が消えたとわかれば、事態を察するにちがいない。

プロットは車のトランクを開けてJ・Tのライフルと携帯電話を入れ、ウィリス捜査官の拳銃《けんじゅう》をショルダーホルスターから抜いた。それから運転席に座ってエンジンをかけた。「案外簡単だったな」彼は車を発進させた。「ブラックウッドを殺すか、おまえともども撃つしかないと思っていたんだよ。でも、それじゃお互いにおもしろくないだろう、ベビードール？」

ジョアンナは鳥肌がたった。プロットはレイプした晩も〝ベビードール〟と何度も呼んでいた。彼女は胃がむかむかした。苦いものがこみ上げてきた。膝に置いた手を握りしめる。この男といっしょに行かなければならない。J・Tとエディを巻き添えにしないために。でも、どこに連れていかれようと、何をされようと、命がけで闘おう。

ペインティッド峡谷から遠ざかりながら、ジョアンナは祈り続けた。J・Tが追いついてくれますように。手遅れになる前に見つけてくれますように。

J・Tは胸騒ぎを覚えていた。ジョアンナの返事はないし、車が走り去る音が聞こえた。彼は谷を上りきる前に顔だけ出して様子をうかがった。遠方に土煙が舞っている。J・Tはつばをのんだ。ジョアンナに接触したのはFBI捜査官ではなかったのだ。

「ジョアンナはどこ？」エディがたずねた。「ママに電話してくれたかな？」

「いや、その時間はなかっただろう」

「どこに行ったの?」

「たぶん……FBI捜査官といっしょだ」

どうすればいいんだ? 腕の中には死にそうな子どもがいる。早急に蛇毒血清を打たないと死んでしまう。だが、あまりプロットに遅れたら、ジョアンナを無事に救えないかもしれない。

J・Tはワシントンにまたがり、エディを自分の前に座らせた。ワシントンを全速力で走らせると、プレイタイムもついてきた。太陽が西の空でぎらぎらと輝いている。馬たちは土煙をあげながら走った。

ジョアンナが今どんな気持ちで、どうしているかは考えられない。いや、考えまい。自分が何をすべきか——何を期待されているかはわかっている。

J・Tは悪魔に追われるような勢いで馬を走らせながら神に祈った。どうかぼくが見つけ出すまで彼女を守ってください。そうすれば、ぼくは彼女の望みどおりの男になるためになんでもします。お願いです。彼女にはまだ愛の告白をしていないんだ。

迷った! くそっ、この荒れ地にだまされた。プロットは毒づいた。どこもかしこも同じに見える。細い道も、台形の岩山も、谷も、まばらな木々も。

見渡すかぎりのだだっ広い台地に、果てしなく続く空。車のガソリンは四分の一も残っていない。この未開地を出る前にジョアンナを殺さなければならないのだ。もと来た道を捜すのに手間取っていたら、ガソリンがなくなってしまう。ブラックウッドも援軍を連れて追ってくるだろう。

プロットは左にハンドルを切った。車のスピードが少し落ちた。ジョアンナがいっきにドアを開けた。プロットは手を伸ばしたが、ジョアンナはシャツをつかまれながらも飛び降りた。背中の柔らかな木綿地が破れた。

地面を転がっている間にジョアンナは一瞬気を失ったが、すぐに膝をついて体を起こした。

プロットが急ブレーキをかけて車から降りた。「くそっ」かつらをむしり取って地面に投げつけた。くしゃくしゃになったシルバーブロンドの薄い地毛が現れた。

ジョアンナは立ち上がって走った。

「どこに行くつもりだ、ベビードール？　おれからは逃げられないぞ。止まらないなら、つかまえて痛めつけるしかない」プロットは頭をかきむしった。

ジョアンナは走り続けた。プロットは追いかけた。汗が彼の——ユージン・ウィリスのシャツをぬらした。プロットはぶつぶつと悪態をついた。よくも逃げてくれたな。つかまえたら思い知らせてやる。

ジョアンナは一度も振り返らなかった。つまずいても倒れなかった。走るのはプロットのほうが速い。彼は追いつき、ジョアンナの名前を呼びながら手を伸ばしたが、彼女の長い髪をつかみそこねた。

ジョアンナは息を切らしながら走り続けた。全身汗まみれで、ほつれ毛が顔に張りついた。プロットがまた手を伸ばした。今度はしっかり髪をつかんだ。ジョアンナが悲鳴をあげる。プロットは引き寄せた。向き合い、身構えた彼女を力任せに殴りつけ、地面に倒して馬乗りになった。

「まったくばかだな」プロットは笑った。「いつになったらわかるんだ?」

ペインティッド峡谷から三キロも行かないうちにJ・Tは土煙を目にし、車の音を聞いた。まもなくトラックとブロンコとパトカーが彼を囲んだ。ジョセフ・オーネラルズがパトカーから飛び降りて駆け寄った。トラックの荷台から数人の男が降り立った。隣人のピーター・ヤジーのブロンコに同乗していたケイトも、ドアを乱暴に開けて駆けてきた。

「プロットがジョアンナをさらって逃げた。ふたりを追わなくては」J・Tはワシントンから降りてエディを抱き下ろした。「エディはがらがら蛇に噛《か》まれたんだ。すぐに診療所に運ばないと」

ケイトは両手を広げて息子を受け取った。彼女の後ろに来ていたピーターが言った。

「エディのことは任せろ。あんたは大事な人を救いに行け」

「ピーター」ジョセフが大声で言った。「ぼくが診療所に蛇毒血清を用意して待っているよう無線を入れておく」ジョセフはJ・Tを振り向いた。「パトカーに乗れ。カーマイケル捜査官に位置を知らせる」次にトラックのそばにいる男に言った。「ドニー、馬を頼む。ほかの者はついいてきてくれ」

J・Tは鞍袋《くら》から拳銃とホルスターを出して身につけた。ドニーという若者がワシントンに乗り、プレイタイムを従えて走り去った。

J・Tがパトカーの助手席に座ると、ジョセフも乗りこみ、エンジンをかけた。

「ペインティッド峡谷だ」J・Tは言った。「あいつは西に向かった」

プロットはジョアンナに体を押しつけた。ジョアンナは逃れようとしたが、もがけばもがくほど強く押さえつけられた。

プロットはジョアンナの顔を両手ではさんで頬を押さえた。そのまま少し頭を持ち上げてから、思いきり地面に打ちつけた。ジョアンナはあえいだ。プロットはそれを三度くり返した。彼女は叫び声をあげた。痛みで一瞬、意識が遠のいた。

プロットはネクタイをはずし始めた。ジョアンナは腕を彼の体の下から少しずつ抜いていった。

完全に片腕が自由になった。そのとたん、プロットが上体を起こし、ジョアンナの両手をつかんだ。ジョアンナは膝を持ち上げようとした。プロットが馬乗りになった。彼女は息が止まりそうだった。

プロットはウィリスの絹のネクタイでジョアンナの両手を縛って立ち上がり、彼女も立たせた。「来るんだ、ベビードール。ここは暑すぎる。おれのやりたいことをやるにはもっと寂しいところがいい」

ジョアンナはプロットを蹴《け》った。

プロットはジョアンナの顔を平手打ちした。「ばかな女だ。逆らえば痛めつけられるだけなのに」そう言ってにやりとすると、両方の胸をわしづかみにした。ジョアンナは何度も蹴った。プロットは彼女が悲鳴をあげるまで手に力をこめた。その後、みぞおちに膝蹴りを入れた。ジョアンナは体をふたつに折って地面に倒れた。プロットはネクタイの端を持ってジョアンナを数メートル引きずり、突然止まると、彼女を肩にかつぎ上げた。

そして車のサイドに叩《たた》きつけ、ジョアンナのシャツをはぎ取り、彼女を乱暴に車に押しこんでから、ぼろぼろのシャツで足を縛って、ドアをロックした。

プロットも車に乗りこみ、しばらくジョアンナを眺めた。彼女の目に激しい恐怖が浮かんでいる。緑色の燃えるような目。プロットは嬉《うれ》しくてぞくぞくした。どれだけ強がってみせても、いずれ恐怖に屈するのだ。彼に不利な証言をして刑務所送りにした女たちは恐怖の意味を知っている。プロットはかつてジョアンナに決して忘れられない苦しみを味わわせた。殺す前にもう一度同じ苦痛を味わわせてやる。

しかし、ブラックウッドに見つかる前に隠れ場所を探さなければならない。この砂漠のどこかに、安全な場所があるはずだ。

「きっと見つかるさ」ジョセフは言った。「プロットは道に迷っているはずだ」

「ああ、だが、そんなのは気休めにもならない」J・Tは居留地でいちばん高い岩山のてっぺんから思いきり叫びたかった。何かを——なんでもいいから打ち壊したかった。これ以上怒りと恐怖をためておいたら、頭がどうにかなってしまいそうだ。「道に迷ったら、プロットはいらついてジョアンナに八つ当たりするかもしれない」

「それは考えるな」ジョセフは指の関節が白くなるほどきつくハンドルを握っていた。

「考えるなだと？　彼女を守る、プロットを近づけないと約束したのに、このざまなんだぞ」

「きみのせいじゃない。自分を責めるのはやめろ。きみにいったい何ができた？　蛇に噛まれたエディを置き去りにして、死なせてもよかったのか？　だいいち、馬で追いつけるわけがないだろう」

J・Tは五歳のとき——母親の腕から引き離されたとき以来、泣いたことがない。真の男は泣いたり感情をあらわにしたりはしないものだ。いや、感情を持たないものだと祖父に教えられた。

J・Tはぐっと涙をこらえた。

「見ろ」ジョセフが言った。「ありがたい。あのまぬけめ、わだちを消そうともしていない。廃鉱に向かう道に入っていったようだな」

ジョセフは外に出てタイヤの跡を調べ始めた。J・Tも降りた。親戚《しんせき》や隣人たち六人を乗せたトラックもパトカーの後ろにとまった。

「ここに新しい跡がついている」ジョセフは言った。「プロットがこの道を行ったなら、もう捕まえたも同然だ。一本道だからな」

J・Tはあたりを見まわした。どれぐらい遅れをとっただろう？ 彼女は傷ついていないか？ 乱暴されていないか？ 命は無事か？

地面に黒い毛のかたまりが落ちていた。J・Tは拾い上げて調べた。「おい！ 見てくれ。かつらだ」

「プロットのものだ」ジョセフはかつらを受け取り、トラックの男たちに手を振った。「あの男はウラン鉱山に向かった。ついてきてくれ」

「もし生きて出られないとわかったら、あいつはジョアンナを殺すだろう」J・Tはふたたびパトカーに乗った。「派手に突入すべきじゃない」

「そろそろ心でなく頭で考えてくれよ」ジョセフはかつらを後部座席に放《ほう》って運転席に座

った。「あいつははじめから殺す気でいるんだ。逃げられないとわかれば、彼女と交換に命乞《ご》いするかもしれない」

　J・Tは自分が守る立場ではなく恋人として考えていたことを認めたくなかった。歯を食いしばり、首を振った。「鉱山までの距離は？」

「遠くない。あの岩山のほうへ三キロほど登ったところだ」ジョセフはエンジンをかけ、ギアを入れた。「何年も前に廃鉱になったんだ。放射能汚染のせいでナバホの労働者が大勢癌《がん》で死んでね」

「プロットはジョアンナを坑内に連れこむだろう」J・Tはいとこに話すというよりは、ただ声に出して考えていた。その考えを追い払う前に、彼女の怯《おび》えた緑色の目が脳裏に浮かんだ。

　プロットをずたずたに引き裂いてやりたい。もしジョアンナを傷つけたら、生かしてはおかない。

　廃鉱に着くと、車が前部の両側のドアを開けたままとまっていた。灰色のセダンだ。ジョセフは急ブレーキをかけてパトカーをとめ、飛び降りた。J・Tも外に出て廃鉱のほうを見た。

「ほかに出入り口はあるか？」J・Tはたずねた。

「ああ、裏にまわったところにある」

「じゃあ、そこから逃げることもできるな」

「プロットは裏口は知らないだろう。探すには何時間も、ことによったら何日もかかる。それに、どこへ行くんだ？　この谷から出る道は一本しかない。あいつが山羊《やぎ》よりも山登りが上手なら別だがが」

「明かりが必要だな」J・Tは銃を確認した。

「懐中電灯が二本ある」ジョセフはトラックから降りてきた男たちをあごで示した。「連中も何本か持っているだろう」

「裏の入り口を教えてくれ。ぼくがひとりで行く。いいな？」J・Tは返事を待った。ジョセフがうなずいた。「きみたちがここであいつの気を引きつけてくれたら、こっそり背後から近づけるかもしれない」

J・Tにはわかっていた。ほかにジョアンナを取り戻す方法は――無事に取り戻す方法はないのだ。

16

ジョアンナは廃鉱内の薄暗さや不気味な静けさに慣れてきた。幸い、プロットが連れてきたのはさほど奥ではなかった。入り口のほうにかすかな陽光が見える。ジョアンナは地面に突き倒されて、心の中でハミングしながらおとなしく横たわっていた。成功する見込みがあれば、逃亡を試みただろう。しかし、プロットの横をすり抜けて入り口に戻るのは無理だし、逆方向は真っ暗な闇《やみ》だ。

プロットは周囲を見渡した。「死ぬのにぴったりの場所だな。もう墓の中にいるようじゃないか」

ジョアンナはぞっとした。わたしはこんなところで死ぬの？　助かる方法はないの？

プロットは懐中電灯を照らしてあたりの様子を確かめてから、ジョアンナのかたわらに膝をついた。ジョアンナは身じろぎもしなかった。しばらくは息も止めていた。プロットは懐中電灯を脇《わき》に置いた。

「足を自由にしてやろう、ベビードール。おれが殺し方を決める前に、ちょこっと楽しめるようにな」

手が伸びてきた。ジョアンナは飛びのいた。プロットは頭をのけぞらして大笑いし、ジョアンナの足をつかんで引き寄せると、馬乗りになった。

「思いきり抵抗するがいい、この前のようにな。覚えているか？」プロットはくるりと座り直して彼女の足のほうを向いた。「おまえのアパートメントで楽しませてもらったあの晩のことは忘れないよ。おまえも忘れないだろう。生きているかぎりな」上体をかがめ、ジョアンナの足首を縛っているシャツの結び目をほどき始めた。

悪魔のような笑い声が岩壁に反響した。ジョアンナは縛られたままの両手を振り上げ、プロットの頭めがけて振り下ろした。プロットは体をひねってかわし、彼女の頬を平手打ちした。それから、ひも代わりのシャツを乱暴にほどいて、脚をなでまわした。

ジョアンナは震えた。そんなふうに触られるのは我慢ならなかった。殴られるほうがまだましだ。

プロットは立ってユージン・ウィリスのスーツの上着を脱ぎ、地面に放《ほう》った。ジョアンナは顔を上げた。プロットの姿はおぼろげな輪郭しか見えないが、ホルスターをはずして懐中電灯の横に置くのがわかった。ジョアンナは銃を見つめ、ごくりとつばをのんだ。どうにかしてあの銃さえ奪えれば……。

プロットはベルトもはずすと、また馬乗りになった。頬をなでられて、ジョアンナは彼の顔につばを吐きかけた。プロットは笑った。ジョアンナは叫び声をあげたくなった。

「やりたいことはいろいろあるが、時間があまりない」

ジーンズのボタンがはずされた。ジョアンナはプロットを振り落とそうと背中をそらしてから、腕を振り上げて彼の胸を叩《たた》いた。プロットはその手首をつかんで頭の上で押さえつけ、ジョアンナにのしかかった。そして片手を脚の間にすべりこませた。

「どうだい、ベビードール、おまえはおれを乗せたまま最後の瞬間を迎えようとしているんだ。おれの顔がこの世の見納めになる。これからおれがすることがおまえの最後の思い出になるんだ」

「やめて！」ジョアンナの悲鳴ががらんとした廃鉱にこだました。


J・Tはジョアンナの悲鳴を聞くと同時に、一条の光を見た。地面に置かれた懐中電灯の光だ！　声のするほうにすぐにでも飛んでいきたかったが、その気持ちをこらえ、本能と長年培ってきたプロの勘に精神を集中した。彼は銃を確認した。

プロットに気づかれてはいけない。それしか手はないのだ。そのとき、低くうなるような男たちの声が聞こえた。なんだろう？　やがて、それは話し声ではなく、彼が最近覚え始めた言葉で歌っている声だとわかった。いったいなんのために？　プロットの注意を引く以外にどんな目的があるんだ？

歌声にまじって太鼓を叩くようなリズミカルな音も聞こえる。戦闘に備えて化粧した男たちの姿が突然J・Tの目に浮かんだ。

わかったぞ。悔しいが、ジョセフ・オーネラルズもなかなかの策士だ。歌声と太鼓の音にプロットはぎょっとしているだろう。今こそチャンスだ。静かにすばやく行動しなければ。

プロットは顔を上げ、きょろきょろあたりを見まわした。「聞こえるか？」

ジョアンナにも歌と太鼓の音が聞こえた。「みんながわたしたちを見つけたんだわ。J・Tはひとりじゃないわ。あなたはもう逃げられないのよ」

「黙れ！　今、どうするか考えているんだ」

「わたしを殺したらどんな目にあわされるか、わかっているの？」ジョアンナは、早く来て、とJ・Tに叫びたかった。こんな状態にはもう一分も耐えられない。しかし、うろたえるわけにはいかない。

「黙れと言っただろう！」プロットはジョアンナの手首をつかみ、自分といっしょに立ち上がらせた。「もっと奥に行く。やつらが追ってきたら、捕まる前に何人か殺してやる」

プロットは腰をかがめて地面に置いた銃をつかみ、もう一方の手で懐中電灯を拾った。ジョアンナは彼の背中に体当たりした。不意をつかれてプロットはばったり倒れた。ジョアンナは銃を奪おうとした。だが、つかみ取る前にプロットが彼女を突き倒して、少し離れた。

「往生際の悪いやつだな、ベビードール」プロットは立ち上がりながら銃を向け、にやりとした。「野蛮人どもがおれを八つ裂きにする前に、弾をおまえに全部撃ちこんでやろうか。じわじわ苦しめながら殺すこともできるんだぞ」

その言葉に重なって低いうなり声が聞こえ、プロットの背後に巨大な人影が見えた。ジョアンナは息をのんだ。J・Tだ！　ジョアンナは声をあげそうになるのを下唇を噛《か》んでこらえた。

プロットが振り向いた。一瞬、男ふたりが薄暗がりの中でにらみ合った。

J・Tはさっとジョアンナを見た。頭のすぐ上に銃を突きつけられている。彼女が撃たれる前にプロットを撃ち殺せるだろうか？

プロットは脚を大きく開いた。「おれを撃ったら、この女の命はないぞ」ジョアンナの頭にぴったり銃をつけて、にやりとした。

プロットの注意がJ・Tに向いた瞬間、ジョアンナはそろそろと後ずさった。それに気づいたプロットはあわてて追った。J・Tはプロットに飛びつき、殴り倒した。ふたりの男は銃を持ったまま地面を転がった。ジョアンナは急いで立ち上がり、ふたりから離れた。そして手首を縛っているシルクのネクタイの結び目を歯でほどき始めた。

ふと顔を上げると、男たちは立ち上がっていた。こぶしが肉を打つ音に続いて、うなり声、うめき声、ののしり声が聞こえ、さらには金属が岩壁に当たる音がして、そのあと、何かが地面に落ちたような別の金属音が響いた。闇の中に耳をつんざく銃声がこだました。

J・Tもプロットも倒れなかった。どちらが発砲し、どちらが撃たれたのか、ジョアンナにはわからなかった。

ふたりは取っ組み合ったままどんどん坑道の奥へ移動していった。ジョアンナはやっとのことで結び目をほどき、ついに両手の自由を取り戻した。

プロットが持ちこんだ懐中電灯を拾い上げて坑道の奥を照らしたが、男たちの姿はもうほとんど見えなかった。地面をくまなく照らして銃を探す。J・Tの銃がきらりと光った。ジョアンナは駆け寄って拾い、しっかり握った。

懐中電灯のぼんやりした明かりを頼りに、奥へ進む。J・Tがプロットを木の支柱に突き飛ばすのが見えた。もっと近くにいれば、プロットを撃てるのに。

坑道の奥から地鳴りが聞こえ、続いて何かが砕けるような大きな音がした。その方向に懐中電灯を向けると、プロットがこぶしを振り上げたまま頭上をにらんでいた。

ジョアンナは天井を照らし、悲鳴をあげた。太い梁《はり》が朽ちて折れていた。その梁が崩れ落ち、ふたりの男を地面に叩きつけた。ジョアンナはJ・Tのそばに駆け寄った。彼はぴくりともしなかった。

神さま、お願いです、この人を死なせないで！

Ｊ・Ｔがうめいた。プロットのほうは意識を失っているようだ。ジョアンナはＪ・Ｔの横にひざまずき、懐中電灯をブラジャーに突っこんだ。銃は地面に置いて、片手で上から押さえていた。

「Ｊ・Ｔ？」横向きに起こすと、顔に幾筋か血が流れていた。

Ｊ・Ｔはまたうめいた。ジョアンナは血と汗にまみれた彼の顔をてのひらでふき、もう一度名前を呼んだ。Ｊ・Ｔはまぶたを少し動かした。

ジョアンナの腕に痛みが走った。見ると、銃を押さえていた手を大きな足が踏んでいる。すぐそばにプロットがそびえるように立っていた。ジョアンナは銃を放すまいとしたが、たちまち奪われてしまった。心臓が飛び出しそうだった。Ｊ・Ｔがうめき声をあげ、目を開けた。プロットはジョアンナを自分の前に立たせた。彼女は胸の谷間にはさんでいた懐中電灯を握りしめた。

プロットはどうするつもりかしら？　わたしを撃って、Ｊ・Ｔも撃つのだろうか？　阻止する方法はないの？　懐中電灯で頭を殴ったら？　命中しないかもしれないし、命中しても気絶させるほどの威力はないだろう。

「彼女を放せ、プロット」Ｊ・Ｔが懸命に頭を上げながら言った。

「よくもそんな口がきけるな」プロットが言った。

　プロットの頭の後ろの壁にライフルの弾が当たり、ばらばらと岩のかけらが落ちた。

「ぼくはきけるぞ」ジョセフ・オーネラルズの声が暗い坑道に響いた。

「この女を殺すぞ！」プロットは叫んだ。「だれだか知らないが、引っこんでいろ。こいつの頭を撃ち抜いてもいいのか」

「言われたとおりにしてくれ、ジョセフ」J・Tが怒鳴った。

「そう、友だちの忠告は聞くもんだよ」

　プロットはジョアンナを盾にして、さらに奥に向かった。ジョアンナは自由なほうの手でブラジャーから懐中電灯を引き抜いてJ・Tに放った。プロットは悪態をついたが、止まらずにどんどん暗がりに入っていった。

　J・Tは起きて膝をつき、懐中電灯をつかんでふらふらと立ち上がった。入り口のほうに光を向け、待っていたジョセフに入ってくるよう身ぶりで示してから、プロットを追って奥に進んだ。

　ジョアンナは闘わずに死ぬつもりはなかった。暗闇の中でプロットの手を振り切り、しゃにむに殴った。伸びてきた彼の手をかわした。だが、片腕をつかまれた。プロットの指が食いこみ、ジョアンナは叫び声をあげた。

　ジョアンナは猛然とプロットを押した。彼はジョアンナをつかんだまま、よろめいて後ずさった。そして悲鳴をあげた。足の下に地面がなかった。悲鳴をあげながら、ジョアンナもろとも縦坑に落ちていったが、彼女の手をつかみ続けてはいられなかった。

彼女はとっさに手を伸ばし、何か――なんでもいいからつかもうとした。岩壁から突き出している梁をつかまえた。

プロットの悲鳴は、深い縦坑の底に体が叩きつけられると同時に途絶えた。

ジョアンナは足をぶらぶらさせながら必死でもがき、梁を両手でつかんだ。J・Tは懐中電灯をジョセフに握らせ、自分は四つん這《ば》いになってジョアンナに呼びかけた。

ジョセフが縦坑の縁から下を照らした。ジョアンナはJ・Tを見上げている。目を見開き、唇を震わせていた。J・Tは胃がしめつけられる思いだった。少しでも方法を間違えたら、彼女は墜落して死んでしまう。

「がんばれ、ハニー。今、引き上げてやる」

J・Tは腹這いになって手を伸ばしたが、届かないとすぐにわかった。

「きみも手を伸ばしてくれ。片手をぼくのほうに」

「だめ！　手を離したら落ちてしまうわ」ジョアンナのてのひらに汗がにじんだ。木の梁が湿っぽく感じられる。手がすべったらどうなるの？　つかんでいられなくなったらどうしよう？

「大丈夫だ。ぼくがいる。ほら、こんな近くに……」J・Tは右手の指を動かした。

もし手を伸ばしても、届かなかったら？　届いても、彼が持ちこたえられなかったら？

「無理よ、J・T。離せないわ。お願い、別の方法を考えて」

「彼女は怯《おび》えている」ジョセフが言った。「冷静に考えられないんだ」

「ジョアンナ、待っていろ。なんとかするから」J・Tはジョセフを見上げた。「ぼくがもっと身を乗り出さないと手が届かない。きみは彼女を照らしながら、ぼくが落ちないように体を支えてくれ」

「だめよ、J・T、危ないことはしないで」ジョアンナは叫んだ。「ロープか何か持ってきて……」つかんでいる梁がわずかに動き、大量の石粒が降ってきた。「J・T！」

「手を出せ、ジョー。早く！」J・Tはぐっと身を乗り出し、懸命に手を伸ばした。「ぼくを信頼しろ。ぼくが救うと信じて」

「信頼したい。信じたいわ」

「さあ、右手を出すんだ」

ジョアンナは彼の指にはまっているベンジャミンの指輪を見た。J・Tは彼女の視線に気づいた。

「これは結婚指輪の代わりだった。きみの指輪もそうだ。永遠に変わらぬ愛の証《あかし》だよ」J・Tは坑道の壁をばんと叩いた。「きみはもうじき耐えられなくなる。手がすべったら墜落する。ぼくの言う意味がわかるか？」

「わかるわ！　わかっているわよ！」ジョアンナはあえいだ。「落ちるのはいや。死にたくないわ」

「だったら手を伸ばせ。手を伸ばさなかったら、ぼくが一か八《ばち》か、思いきり乗り出して手をつかむ」

「だめ！　あなたが落ちるかもしれないわ」

「わかっているさ」彼はさらに身を乗り出した。

「やめて」ジョアンナは懇願した。

「ハニー、わからないのかい？　もしきみが生きて出られなかったら、ぼくも生きている意味がない。いっしょに出ていくか、ここでいっしょに死ぬか。選ぶのはきみだ」

J・Tは息を殺して見守っている。ジョアンナは目を閉じた。これ以上J・Tを危険な目にあわせられない。彼を、そしておそらく自分自身をも救うには、完全に信頼するしかない。

ジョアンナは右手を梁から離し、J・Tのほうへ突き出した。彼は手首をしっかりとつかんだ。

「そうだ、ハニー」

ジョアンナはもう一方の手も梁から離し、J・Tの力にすべてを託した。J・Tは必死で彼女を引き上げると、両膝をついたまま抱きしめた。ジョアンナは泣きながらしがみついた。J・Tの目にも涙がにじんだ。

ふたりは立ち上がった。「終わった。きみはもう安全だ。ぼくの腕の中で永遠に安全だよ」

ジョアンナはJ・Tに頭を寄せて目を閉じた。「プロットは死んだの？　間違いないのね？」

「ああ、間違いない」ジョセフが縦坑の底を照らした。「確かめたいなら見るといい。あまり気持ちのいい眺めじゃないがね」

「無理に見る必要はないよ」J・Tが言った。

「見たいの。見なければならないのよ」

J・Tの頼もしい腕に抱かれたまま、ジョアンナは縦坑をのぞきこんだ。懐中電灯は深い坑道のほんの一部しか照らしていないが、鋭い岩に刺し貫かれたレニー・プロットの死体の下半身を見るには十分だった。

「ああ、神さま！」ジョアンナは身震いした。

「そのとおり」ジョセフはうなずいた。「プロットが死んだのはナバホの神の助けがあったからかもしれない」

「もう行くぞ」J・Tが言った。「こんなことは一刻も早く忘れたほうがいい」

J・Tに連れられて廃鉱の外に出たとき、ジョアンナは生きている嬉《うれ》しさから彼に抱きついた。まぶしい夕日に目を細めながら、入り口のすぐそばに並んで待っているナバホの男たちを見つめた。

Ｊ・Ｔは彼女をパトカーまで連れていき、抱きかかえるようにして後部座席に乗りこんだ。「診療所できみを診てもらったあと、今夜は母の家に泊まろう。ＦＢＩがぼくたち全員に質問したいだろうから。しかし、明日は家に帰ろう。ぼくの牧場に。そして、きみがエレナに手伝ってもらって式の準備をすませたら、すぐに結婚だ」

「え？」ジョアンナは信じられずにＪ・Ｔを見つめた。

涙の跡が残るジョアンナの汚れた顔を見ながら、Ｊ・Ｔは思った。天にも地にもぼくたちを引き離す力はない。もしもぼくのジョアンナへの愛と同じくらいベンジャミンの愛が強かったら、アナベルを引き止める方法を見つけ出せただろうに。

「できるだけ早く結婚するぞ」Ｊ・Ｔは言った。

「それでプロポーズをしているつもりなの？」

「ぼくにはこんな言い方しかできない」Ｊ・Ｔは震える手で、ジョアンナの美しい顔に触れた。「ぼくがロマンチストじゃないことはもう知っているはずだ。たいしていい夫にはなれないかもしれないが、きみならあっさりと理想の男性に変えてしまいそうだ。子どもができるころには、ぼくは完全に手なずけられているだろうな」

「Ｊ・Ｔ・ブラックウッド、あなたって本当に癪《しゃく》に障る、憎たらしい――」

「それは結婚の承諾と受け取っていいのかな？」

ジョセフが車の窓を叩いた。J・Tは手を振って追い払おうとしたが、ジョセフはドアを開けて顔を突っこみ、携帯電話を差し出した。「今、妹に連絡を取ったんだ。きみにも教えてやろうと思ってね。エディは心配ないそうだ。少なくとも、あの細っこい足をケイトにむちで打たれるまではな」

「彼女はそんな気にならないわよ」ジョアンナは言った。「わたしならとてもできないわね」

「これでエディも、ひとりで遠くへ行ってはいけないことがよくわかっただろう」J・Tはジョセフにあごをしゃくって、消えろ、と無言で伝えた。ジョセフはにやにやしながら車から離れ、デイン・カーマイケルを乗せたヘリコプターの到着を待った。

「プロポーズよりほしいものがひとつだけあったの」ジョアンナはJ・Tの唇にそっとキスした。

「言ったらかなえてあげよう」

「安請け合いしないで。無理かもしれないのに」

「言わなければわからないだろう」

「そうね」ジョアンナは姿勢を正し、真っ正面からJ・Tを見た。「愛の告白をしてほしかったの」

「なんだって?」

「愛の――」

「ああ、聞こえたよ」J・Tは首を振りながらうなった。「この二、三時間、ぼくは何度も〝ジョアンナを愛している。だれより愛してる。だれかをこんなに愛せるとは思わなかった。もし彼女が死んだら、ぼくも生きていたくない〟と心の中でくり返していたから、きみに言わなかったのを忘れていたんだ」

「たった今、言ってくれたわ」

J・Tはジョアンナの右手を取り、指をからませた。ふたりはおそろいの指輪をちらりと見た。

「ああ、そのようだな」J・Tは熱い視線を向けた。「アヨーイ・オーシッニ、ジョアンナ」今回ははっきりとこの言葉の意味がわかっていた。〝きみを愛している〟

J・Tはジョアンナにキスした。それはどんな言葉より雄弁に彼の思いを伝えていた。

ジョアンナははるか遠くのほうから太鼓の音が聞こえるような気がした。まるで何十年もの時を超えて今たどり着いたような、かすかな響きだった。

エピローグ

バージニア州リッチモンド
一九六五年六月

わたしはもうじき愛するベンジャミンと再会する。ふたりを隔てていた年月は消える。彼のことを思わない日は一日もなかった。いっしょに過ごした時間は短かったけれど、わたしは生涯、ほかの男性に一瞬たりとも心を向けなかった。自分の人生をいちずに生きてきた。ベンジャミンはわたしが息子たちを見捨てられないことを理解してくれた。そしてふたりが成人すると同時に、あの人は逝《い》ってしまった。唯一わたしに心残りがあるとすれば、ベンジャミンとの間に子どもをもうけなかったことだ。子どもがいればわたしたちの愛は不滅になっただろうに。

ジョアンナは涙をぬぐい、アナベル・ボーモントの日記の最後に書かれた文字を指でなぞった。そこには曾祖母《そうそぼ》が好きだったクリスティーナ・ロセッティの詩がきれいに書きこまれている。

でも、夢の中で会いに来て
冷たい死の中でもわたしは生き返るだろう
夢の中で戻ってきて
脈に脈を、吐息に吐息を重ねるから
低くささやいて、その身を傾けて
いとしい人よ、遠いあの日のように

ジョアンナは日記を閉じて机にしまい、居間の明かりをひとつずつ消していった。ここは七年前、結婚式のすぐあとにJ・Tと建てた新居だ。暖炉の前まで来ると、ジョアンナは最近描《か》き上げたばかりの油絵をためらいがちにちらりと見上げた。大事にしている自分の曾祖母とJ・Tの曾祖父の肖像画にはさまれた三人の子どもたちの肖像画を。

この元気な子どもたちは、本物の愛の遺産だ。それは、曾祖母たちから受け継いだ愛だということを、今はJ・Tもジョアンナも心の底から感じている。

長男のジョン・トーマスは六歳。黒髪と緑色の目。背が高くがっしりして、すでに父親譲りのしなやかな体つきになっている。双子のアナベルとベンジャミンは先週三歳になったばかりで、まだ幼児らしいぽっちゃりした体型だ。髪は赤い巻き毛で、小さな浅黒い顔には、父親同様、ナバホの特長がはっきり表れている。

ジョアンナは最後の明かりを消して廊下に出た。ジョン・トーマスの寝室の前で立ち止まり、そっとのぞいた。この子は、見るたびにうっとりしてしまうほど美しい顔だちをしている。彼女は次のドアまで進み、双子の寝室に入った。あと何年かしたら、ふたりとも別々の部屋をほしがるだろうけれど、今は二十四時間いっしょにいても楽しそうだ。

かわいいアナベルとベンジャミン。永遠の愛の結晶。ジョアンナはアナベルがベッドの足元に蹴飛《けと》ばした毛布を引き上げてやった。この子は赤ん坊のときから寝相が悪い。百八十度回転してヘッドボードに足をのせて寝ていることもしょっちゅうだ。

ジョアンナは爪先立って部屋を出て廊下を歩いた。主寝室のドアを開けると、ベッドの中央に裸で横たわっているJ・Tをわざと無視した。そしてシルクのローブを脱ぎ、ドレッサーに置いてあったJ・Tのカウボーイハットを手に取った。それを頭にのせてくるりと振り向き、腰に手を当てる。

J・Tは起き上がり、背中をヘッドボードにもたせかけて頭の後ろで腕を組んだ。

「ねえ」ジョアンナは裸の腰を色っぽく振りながら、天蓋《てんがい》つきの大きなベッドの足元まで歩いていった。「カウガールごっこをしない？」

J・Tはにやりとした。「ルール次第だね」

「ルールは簡単よ」ジョアンナは帽子を脱いで手に持った。「最初は輪投げ。わたしが思いどおりの場所にこの帽子を放《ほう》れたら、わたしの勝ち。あなたを自由に乗りこなせるのよ」

「もし負けたら？」

「わたしを柱に縛って火をつけることができる」

J・Tは大きく息をつき、ベッドから腰を浮かせて笑った。「何をぐずぐずしているんだ？　放れよ！」

ジョアンナは彼の男らしい体をほれぼれと眺めた。指で帽子を回転させ、ひらりと放る。ねらいどおり、帽子は彼の高まりの上に落ちた。

「きみの勝ちのようだな、ハニー」J・Tは両手を広げた。「さあ、乗りこなしてくれ」

ジョアンナはベッドに上がると帽子を床に放り、J・Tを指でもてあそんだ。彼はのどの奥でうめいた。

「七年も乗っているから、すぐにあなたとひとつになると思ったでしょう」ジョアンナは彼の全身に舌を這《は》わせた。

J・Tはジョアンナの肩をつかみ、自分の上に乗せた。ジョアンナはくすくす笑ったが、彼が入ってきた瞬間にため息をついた。

「乗りこなしてくれ、カウガール」

ジョアンナはそのとおりにした。

＊本書は、2004年5月に小社より刊行された作品を文庫化したものです。

mira

遥《はる》かなる呼《よ》び声《ごえ》

2022年6月15日発行　第1刷

著　者　ビバリー・バートン
訳　者　田中淑子《たなかよしこ》
発行人　鈴木幸辰
発行所　株式会社ハーパーコリンズ・ジャパン
東京都千代田区大手町1-5-1
03-6269-2883（営業）
0570-008091（読者サービス係）
印刷・製本　中央精版印刷株式会社

定価はカバーに表示してあります。

ISBN978-4-596-70818-2